Elsa Brunaud

La Dame
du
parc

© Elsa Brunaud,2025
Édition : BoD · Books on Demand, 31 avenue Saint-Rémy, 57600 Forbach, bod@bod.fr
Impression : Libri Plureos GmbH, Friedensallee 273, 22763 Hamburg (Allemagne)
ISBN : 978-2-3225-6167-4
Dépôt légal : Janvier 2025

1

Joy avait pensé à cette rencontre un millième de fois. Pendant des années, elle avait passé son temps à observer du haut de sa fenêtre le parc animé qui surplombait son immeuble. Chaque jour, des passants allaient et venaient. Joy aurait pu imaginer la journée que chacun d'eux avait passée, leurs pensées, leurs doutes. Mais ce n'était pas ce qui l'intéressait. Ce qui l'intriguait, c'était *elle*, la Dame du parc. Celle qui venait s'asseoir à la même place et à la même heure sur ce banc, dos à elle. Il lui arrivait d'y rester l'après-midi entier. Son passe-temps, c'était de regarder les enfants s'amuser dans les quelques jeux qu'il y avait, là. Au départ, Joy était persuadée qu'elle surveillait son enfant. Mais, en grandissant, elle a compris que cette femme n'en avait pas, et qu'aucun passant ne se dévouait à venir lui parler.

Depuis qu'elle était petite, Joy préférait s'asseoir à sa fenêtre et attendre.

Qu'attendait-elle ? Elle ne le savait pas, peut-être

un changement d'habitude, ou un signe de sa part qui n'était encore jamais arrivé. Du moins, cette activité particulière lui permettait d'éviter de passer ses journées avec celui qu'elle détestait tant. Son père, Michael, qui était soit absent, soit assis sur le canapé, une canette de bière à la main. Joy ne pouvait s'empêcher de ressentir de la colère envers lui. Elle lui en voulait d'être toujours là, et de ne pas avoir été celui qui la console lorsqu'elle en avait tant besoin, lorsque celle qu'elle aimait plus que tout l'avait quittée. Cette personne, c'était sa mère. Joy n'avait que quatre ans quand elle est morte. Pourtant, son sourire ne la quittait jamais. Pour elle, sa mère n'était pas vraiment partie, elle était là, quelque part, veillant sur son unique fille.

L'un des rares souvenirs joyeux que Joy gardait de son enfance, c'était les gâteaux au chocolat qu'elle faisait avec sa mère, tous les mercredis après-midi. À l'époque, elle n'en avait peut-être pas conscience, mais elle était heureuse. Un jour, elle attendait impatiemment que le gâteau cuise, assise en tailleur devant le four. Les rires et les chants de sa mère remplissaient la pièce, mais les yeux de Joy étaient rivés sur leur préparation qui gonflait lentement. Sa concentration était telle qu'elle n'entendit pas sa mère tomber sur le sol. L'unique chose qu'elle vit, c'était le visage apeuré de son père qui criait à l'aide. Joy s'était mise à pleurer. Le gâteau allait cramer si elle ne le surveillait pas. Mais personne ne se préoccupait du gâteau. Elle ne comprenait pas, et ne savait pas que c'était la dernière fois qu'elle voyait sa mère, la dernière fois qu'elle entendait sa voix, la dernière fois qu'elle faisait un gâteau au chocolat.

Sa mère avait fait un arrêt cardiaque.

Désormais, elle était seule avec ce père qu'elle ne considérait plus vraiment comme tel. À seulement vingt ans, cette solitude lui pesait chaque jour un peu plus. Chaque sourire qu'elle voyait lui semblait faux, voire irréel. Elle se demandait si, un jour, elle retrouverait la joie de vivre qu'elle avait pendant quatre petites années de sa vie.

Alors, le parc était devenu son refuge. Mais une partie d'elle espérait que ce soit plus qu'un simple refuge, qu'elle pourrait y retrouver un semblant d'apaisement. Ce fut pourquoi Joy trouva le courage de descendre les marches de son appartement pour rejoindre ce fameux banc.

Joy s'en approcha lentement. Le parc qu'elle pensait si familier vu d'en haut était en réalité immense. Il faisait froid, mais cela ne dérangeait pas les multiples passants. *Elle* non plus n'avait pas froid. Sa silhouette immobile désormais à quelques centimètres d'elle partageait ses pensées entre peur et excitation.

Joy avait attendu ce moment si longtemps que, sans même s'en rendre compte, son corps la propulsa devant la Dame du parc. À cet instant, aucun mot ne lui vint. Elle resta figée, sans voix, fascinée par ce visage qu'elle avait tant de fois imaginé. La première chose qui lui traversa l'esprit fut qu'elle était belle. Vraiment belle, comme Daniela, sa meilleure amie. Sauf que Daniela était blonde, et cette femme, non. Ses cheveux bruns tombaient comme les siens, et bien que son visage témoignait du temps passé, elle dégageait un certain charme qui envoûta immédiatement Joy.

Leurs regards se croisèrent pour la première fois. Joy sentit ses jambes trembler sous l'effet d'un étrange mélange de peur et de curiosité. Elle voulut s'excuser, se retourner, partir en courant. Mais avant qu'elle n'eût trouvé le courage de dire ni de faire quoi que ce soit, la Dame du parc fit un geste simple, mais inattendu ; elle tapota doucement la place à côté d'elle, l'invitant à s'asseoir.

D'abord troublée, Joy hésita.

Elle scruta brièvement les environs, comme si elle cherchait la permission ou une raison pour fuir. Devait-elle s'asseoir à côté de cette inconnue, qu'elle ne connaissait qu'au travers de la vitre de sa chambre ? Mais déjà, elle savait que sa décision était prise. Même petite, Joy se rappelait de ce que sa mère lui rabâchait sans cesse, de ne pas faire confiance aux inconnus. Pourtant, sans vraiment réfléchir, elle s'installa sur le banc, les mains crispées d'inquiétude sur ses genoux.

La Dame, impassible, reprit sa contemplation de l'horizon, comme si la présence de Joy n'avait rien de surprenant, comme si c'était là pour elle une routine. Pourtant, pour la jeune femme, cette rencontre avait quelque chose de profondément irréel. Pendant longtemps, elle avait cru que la Dame du parc était le fruit de son imagination. Mais elle était bien là, vivante. Et personne ne s'était jamais assis à côté de cette femme. Pas une seule fois, pendant toutes ces années.

Le silence devenait lourd, presque oppressant. Alors, incapable de supporter cette tension, Joy prit son courage à deux mains et le brisa, sa voix légèrement tremblante.

— Est-ce que… vous venez ici souvent ? demanda-t-elle, réalisant par la même occasion qu'elle venait de prononcer ses premiers mots à cette femme qu'elle observait depuis si longtemps.

Sans même tourner la tête, la Dame répondit d'une voix douce, apaisante.

— Chaque jour, oui.

Un frisson parcourut Joy. Le sourire énigmatique

qu'elle esquissa n'échappa pas à la jeune femme, attisant encore plus sa curiosité.

— Qu'est-ce que vous attendez ici ? risqua-t-elle, sa question remplie d'une hésitation palpable.

La Dame tourna enfin la tête vers elle, ses yeux bleus capturant l'attention de Joy.

— J'attends, répondit-elle simplement.

À ce moment, beaucoup de questions se bousculaient dans la tête de Joy. Qui ? Quoi ? Pourquoi ? Et, finalement, elle ne put se retenir.

— Qu'attendez-vous exactement ?

La Dame ne répondit pas tout de suite. Pendant un instant, le silence du parc sembla s'étirer, renforçant l'étrangeté du moment.

Et, après une pause qui parut interminable à Joy, elle répondit enfin, avec ce même calme :

— J'attends que quelqu'un vienne s'asseoir à mes côtés.

Elle tourna alors son regard vers l'étudiante, un sourire mystérieux aux lèvres.

— Tu en as pris, du temps.

Un frisson glacé parcourut Joy, une sensation étrange qui lui serra le ventre. Ses mains devinrent moites, et elle resserra instinctivement ses genoux.

— Mais... vous attendez depuis des années, murmura-t-elle, troublée. Personne n'est venu vous voir avant moi ?

La Dame ne sembla pas perturbée par l'idée qu'elle avait été observée. Sa réponse fut aussi simple que troublante :

— Tout comme toi, répondit-elle.

Cette réponse fit écho dans l'esprit de Joy. Cela semblait à la fois logique et profondément déconcertant. Elle aussi avait attendu ce moment pendant des années, sans même savoir pourquoi.

La Dame réajusta délicatement le col de son manteau, son geste précis et lent, avant de plonger à nouveau son regard dans celui de Joy.

— Comment t'appelles-tu ?

Joy hésita une fraction de seconde, mais la réponse vint naturellement. Elle ignorait pourquoi, mais elle lui faisait confiance. Peut-être à cause de cette bienveillance apparente dans ses yeux.

— Joy, murmura-t-elle. Je m'appelle Joy. Et vous ?

Cette question fut balayée comme la brise légère. La Dame esquissa un léger sourire, comme si son nom n'avait aucune importance.

— As-tu des amis, Joy ?

La mâchoire de Joy se crispa légèrement à cette question inattendue.

— Pas vraiment, répondit-elle dans un souffle. Mais il y a Daniela, ma meilleure amie.

La Dame hocha lentement la tête, comme si cette réponse avait déjà du sens pour elle.

— Aimes-tu Daniela ? demanda-t-elle d'un ton aussi doux qu'intrusif.

La question déstabilisa Joy. Pourquoi demandait-elle cela ? Et si vite ?

— Bien sûr que je l'aime. C'est ma meilleure amie, c'est évident.

La femme hocha de nouveau la tête, sans quitter Joy des yeux.

— Et Daniela, elle t'aime, toi ?

Le front de Joy se plissa sous l'effet de la confusion.

— Évidemment... Pourquoi cette question ?

La Dame esquissa un autre sourire, énigmatique comme toujours.

— J'essaie juste de te connaître, Joy. Tu sais, j'ai attendu longtemps pour te rencontrer.

Cette phrase fit son chemin dans l'esprit de Joy, et sans qu'elle puisse vraiment l'expliquer, elle sentit un étrange apaisement. Comme si elle avait enfin trouvé quelqu'un qui la comprenait, quelqu'un qui semblait la connaître avant même de l'avoir rencontrée.

Son sourire s'adoucit.

Elle ne savait presque rien de cette femme. Juste qu'elle avait les cheveux bruns, les yeux bleus, et des rides. Mais cela lui suffisait. Pour l'instant, c'était tout ce dont elle avait besoin.

Le silence retomba entre elles, lourd mais étrangement familier. Joy avait mille questions à poser, mais quelque chose la retenait, comme si elle ne devait pas précipiter les choses. Le regard de la Dame du parc, serein et plein de patience, semblait lui signifier qu'elle pouvait attendre. Tout arriverait en temps voulu.

— Tu reviendras demain ? demanda la Dame, sans quitter l'horizon des yeux.

Joy n'avait jamais été du genre à se lier rapidement à quelqu'un. Elle préférait la solitude, souvent volontaire, parfois subie. Et pourtant, la réponse sortit de sa bouche avant même qu'elle n'ait eu le temps de réfléchir.

— Oui, murmura-t-elle. Demain.

La Dame sourit, satisfaite, et se leva lentement du banc. Ses mouvements étaient gracieux, presque fluides, malgré son âge apparent. Joy la regarda s'éloigner, hypnotisée par la silhouette qui disparaissait parmi les arbres.

Joy resta là, figée, longtemps après que la Dame du parc eut disparu. Ce n'est qu'au bout de plusieurs minutes qu'elle réalisa l'heure tardive et se leva à son tour.

En arrivant chez elle, l'appartement était plongé dans l'obscurité. Michael, son père, devait encore être au travail. Joy préférait son absence. Ils n'étaient que des colocataires par obligation. Elle passa devant la porte close de la chambre de son père, puis s'enferma dans la sienne, cherchant désespérément à retrouver ce même apaisement qu'elle avait ressentie quelques minutes auparavant sur ce banc.

Elle s'allongea sur son lit, fixa le plafond, les pensées tourbillonnant encore dans son esprit. La voix douce de la Dame résonnait encore dans ses oreilles, et elle s'endormit paisiblement.

2

Jamais Joy n'avait aussi bien dormi. Sans le savoir, la mystérieuse femme du parc l'avait soulagée de cette peur de ne pas être écoutée. Elle l'avait apaisée. Et désormais, elle se sentait un brin plus soutenue qu'elle ne l'avait été.

Le lendemain, Daniela et Joy étaient *Chez Léon*, leur café préféré à deux pas de l'université. Assises près de la fenêtre, elles observaient distraitement les passants tout en sirotant leur cappuccino. C'était leur routine, après les cours. Elles parlaient de tout et de rien mais, ce jour-là, Joy était ailleurs, elle n'écoutait pas vraiment les histoires de cœur de son amie.

Les deux étudiantes s'étaient rencontrées au lycée et, depuis, elles ne s'étaient plus lâchées. À vrai dire, elles se complétaient sur tous les points. Lorsque l'une était extravertie, l'autre préférait le silence. Daniela parlait beaucoup, souvent pour deux, alors que Joy se contentait d'écouter. En ce moment, les sujets ne tournaient qu'autour de Marcus, le nouveau petit-ami de la blonde. Dès qu'elle parlait de lui, elle se mettait à rougir. Joy appréciait ce Marcus, le considérant comme le copain parfait pour sa meilleure amie.

Comme à son habitude, Daniela effectuait de grands gestes qui trahissaient son excitation.

— Et puis, tu sais, la dernière fois il a…

Daniela fronça les sourcils tandis que son amie hochait machinalement la tête, traçant des cercles imaginaires avec sa cuillère dans la mousse de son café.

— … Il m'a quittée, lança la blonde dans l'espoir de faire réagir son amie, en vain.

L'étudiante se mit alors à claquer des doigts devant son nez pour obtenir ne serait-ce qu'une réaction de sa part.

Joy grogna.

— Oui, il t'a quittée… Attends, Marcus t'a quittée ?!

Les bras croisés, son amie l'observa gravement.

— Non, répondit-elle d'un ton bien plus ferme. Tu m'écoutais pas ?

— Si…

— Joy, je te connais par cœur.

Dos au mur, l'étudiante soupira bruyamment avant de se redresser. Cela faisait dix bonnes minutes qu'elle n'avait plus écouté un seul des mots que son amie disait. C'était comme si sa rencontre de la veille l'empêchait de penser à autre chose.

Daniela se redressa à son tour, remarquant une certaine inquiétude sur son visage.

— Hé… Ça va ? T'as pas l'air bien.

Un sourire sur les lèvres, Joy tenta de masquer son inquiétude. Malheureusement, son amie n'était pas dupe.

— Allez, insista-t-elle en posant sa main sur la sienne. Dis-moi tout.

Au départ, Joy ne savait pas comment répondre. Devait-elle lui parler de la Dame du parc ? Mais, alors qu'elle hésitait, le regard désormais doux de son amie la fit craquer. Elle le lui avoua.

— J'ai rencontré quelqu'un, dit-elle si doucement que Daniela dû se pencher en avant pour l'entendre.

Aussitôt, elle frappa dans ses mains tout en jubilant.

— Il est comment ? Beau ? Grand ? Blond ? Brun ?

Joy secoua la tête, un léger rire nerveux échappant à ses lèvres.

— C'est une femme…

— Oh… Et alors, elle est comment ? reprit Daniela. Brune ? Intelligente ? Aussi drôle que moi ? Ça j'en doute !

Joy s'enfonça dans son siège pour contrer le débit de parole de son amie. Elle secoua à nouveau la tête.

— C'est pas ce que tu crois... C'est une femme plus âgée que nous.

Daniela croisa les jambes, se sentant davantage concernée par la situation.

— C'est-à-dire ?

Joy soupira.

— On a simplement parlé, hier.

— Et... C'est tout ?

— Oui... Enfin, elle est un peu spéciale, mais je l'aime bien.

— Comment elle s'appelle ?

Son amie haussa les épaules.

— Je ne sais pas.

Daniela écarquilla les yeux, incrédule.

— Attends, tu as parlé avec une inconnue, une femme plus âgée, pendant... combien de temps ? Et tu ne lui as même pas demandé son prénom ?

Joy haussa les épaules, mal à l'aise.

— Ça ne semblait pas important. On a juste... discuté.

Daniela l'observa attentivement, plissant les yeux, comme si elle cherchait à lire à travers elle.

— Et de quoi vous avez parlé, alors ? demanda-t-elle, visiblement curieuse, mais aussi légèrement inquiète.

Joy hésita un instant, cherchant ses mots. Elle savait que Daniela se ferait des idées si elle racontait tout dans les détails.

— De moi, de ma vie, de toi…

Daniela leva un sourcil, un sourire mi-amusé, mi-surpris sur les lèvres.

— De moi ? J'espère que t'as dit que j'étais géniale !

— Évidemment, dit Joy en souriant timidement.

Mais Daniela sentait que quelque chose la troublait. Ses yeux se firent plus sérieux.

— Tu es sûre que c'est tout ? T'as pas décroché un mot de la journée… Tu sais, si ça va pas avec ton père, tu peux venir chez moi. Autant de temps que tu veux.

Elle connaissait la relation compliquée entre Joy et son père. Chaque fois qu'elle abordait ce sujet, Joy esquivait, comme si le simple fait de prononcer son nom l'étouffait.

Joy sourit.

— Merci, Dani. Mais qu'il soit là ou non, c'est la même. On ne se parle pas. Discuter avec quelqu'un de plus âgé, de l'âge de ma mère peut-être, dit-elle d'une voix mélancolique, ça m'a donné l'impression d'être écoutée. Toi, je sais que tu es là. Mais, je n'ai que toi. Parfois, j'aimerais bien avoir quelqu'un d'autre à qui parler, tu vois ?

Daniela hocha la tête, son sourire s'effaçant peu à peu. Elle connaissait cette solitude qui pesait sur les épaules de son amie, cette sensation d'être seule au milieu de la foule. Elles en avaient déjà parlé, parfois tard le soir, lorsque Joy se confiait à demi-mots. Daniela aimait Joy plus que tout, et la voir parfois malheureuse lui fendait le cœur en deux, même si elle faisait de son mieux pour la faire sourire.

— Je comprends, murmura Daniela doucement. Mais, tu sais que je suis toujours là, hein ? T'as pas besoin de chercher ailleurs pour ça.

Joy sourit, mais ce sourire était teinté d'une tristesse qu'elle ne parvenait pas à cacher. Un silence s'installa entre elles, ponctué seulement par le bruit des cuillères dans leurs tasses vides. Daniela continuait d'observer Joy, cherchant à comprendre ce qui la troublait tant. Puis, elle retrouva sa joie de vivre et se redressa.

— Allez, assez parlé de ça. Marcus m'a invitée à une soirée samedi, tu viens avec moi ? Ça te changera les idées.

Joy hésita. Elle ne voulait pas dire non à son amie, mais elle n'en avait pas envie. Elle préférait rester chez elle, seule, comme toujours. Elle secoua la tête.

— Une autre fois, promis.

Daniela soupira, résignée, mais elle n'insista pas davantage. Elle connaissait Joy, et quand elle avait quelque chose en tête, il était difficile de la faire changer d'avis.

3

Fidèle à sa promesse, Joy retourna au parc. Pour une raison qu'elle ignorait, tous ses sens étaient en alerte, comme s'ils voulaient la mettre au courant d'un potentiel danger. Mais la jeune femme n'en tint pas compte, ni même du ciel d'un gris à présager une tempête imminente.

La Dame du parc était déjà là, même heure, même place. Comme la dernière fois, elle ne bougeait pas. Elle attendait. Alors Joy s'empressa de prendre place à ses côtés pour ne pas lui faire perdre davantage de temps.

Joy ne s'aimait pas, mais elle détestait décevoir ceux qui l'aimaient. Certes, il n'y avait en réalité que Daniela, mais cette femme à ses côtés, elle ne voulait pas la blesser.

— Je savais que tu reviendrais, lança la femme sans nom avec un léger rictus sur ses lèvres.

L'étudiante prit exemple sur elle et fixa l'horizon. Malgré tout, elle laissa échapper un soupir qui retint l'attention de sa voisine de banc.

— Tout va bien, Joy ?

Peut-être était-elle inquiète, ou cette question n'était qu'une preuve de politesse. Mais, pour Joy, c'était une porte ouverte pour se livrer.

— Oui… J'ai vu Daniela après les cours.

Une première goutte tomba sur le front de la Dame du parc, qui ne sembla s'en soucier, jusqu'à ce qu'il se mette à pleuvoir des trombes. Malgré cela, elle ne bougea pas. Joy fit de même, bien que l'idée de se mettre à l'abri était dans un coin de sa tête. À vrai dire, elle avait toujours détesté la pluie.

— Qu'a-t-elle dit ? demanda la femme d'un ton plutôt sec, ce qui surpris Joy.

— Rien… On a simplement discuté.

Joy avait fait le choix de ne pas lui révéler que Daniela avait connaissance de son existence. Elle savait qu'elle pouvait faire confiance à la Dame du parc mais, pour le moment, elle préférait laisser sa meilleure amie en dehors de tout cela.

— Tu ne veux pas me dire le sujet de vos discussions ?

— Ce n'est pas vraiment intéressant… Elle m'a parlé de son copain, Marcus.

La Dame du parc tourna légèrement la tête. Son regard s'assombrit, ses sourcils froncés. Elle attendait certainement une suite qui n'arriva pas, un mot qui aurait eu le don de bousculer l'étudiante.

— Daniela parle tout le temps de Marcus, murmura-t-elle en souriant sincèrement. C'est un bon gars, il prend soin de ma meilleure amie.

Désormais, la pluie tambourinait sur leurs épaules. Le parc était vide, sans ses passants habituels. Elles étaient seules.

— Ah, s'étonna la mystérieuse femme. Tu es donc la roue de secours.

Joy fronça les sourcils. Ce genre de remarque ne lui plaisait pas, surtout venant d'une personne à qui elle commençait à s'attacher. Daniela n'était pas ce qu'elle pensait. Daniela était une amie formidable.

— Je reste sa meilleure amie, qu'il soit là ou non.

— Meilleure amie, répéta immédiatement la femme, faisant rouler les mots sur sa langue avec un certain dédain. Pourtant, tu passes après Marcus. C'est une drôle d'amitié.

Joy sentit son cœur se serrer. Elle n'avait que Daniela, il lui était impossible de croire à ce que cette inconnue lui disait.

Le silence tomba entre elles, brisé seulement par le bruit de la pluie. L'étudiante fixait le sol maintenant gorgé d'eau, essayant de calmer ses pensées qui s'entrechoquaient les unes aux autres.

— Tu sais, reprit finalement la Dame du parc d'une voix bien plus douce. Tu le comprendras quand tu grandiras, mais les amitiés ne sont pas éternelles. Un jour, Daniela et Marcus emménageront peut-être ensemble. Et peut-être que ta meilleure amie commencera à t'oublier. Au début, vous vous verrez quelques fois dans l'année, puis ce ne sera que de simples messages pour prendre de tes nouvelles… Et toi, tu seras seule.

Joy serra les poings, tentant de refouler la colère qui montait en elle.

— C'est faux, répliqua-t-elle d'une voix tremblante. Daniela ne ferait jamais ça. On est amies depuis des années, rien ne pourra changer ça.

La Dame du parc ne répondit pas tout de suite. Elle tourna simplement son regard vers l'horizon, observant les arbres danser sous la pluie.

Le cœur de Joy s'emballa. Cette idée lui était insupportable. Daniela était sa seule amie, sa seule famille, celle qui avait été là quand elle se sentait au plus bas. La perdre était tout simplement impensable.

— Vous vous trompez… ajouta Joy, les larmes se mêlant à la pluie sur son visage.

— J'espère pour toi, rétorqua la Dame du parc en esquissant un mince sourire. Mais le monde change. Les gens changent.

Joy resta silencieuse. Elle voulait croire que Daniela ne la trahirait jamais, mais la voix de la Dame du parc résonnait dans sa tête, insinuant des doutes qu'elle ne parvenait pas à faire taire, bien qu'elle savait n'être que de parfaits mensonges.

Elle jeta un coup d'œil à la femme à côté d'elle, espérant y trouver un peu de réconfort, mais il n'y avait rien dans son regard. Juste cette même sérénité troublante et cette assurance glaciale qui semblaient tout savoir.

— Tu mérites mieux, tu sais, dit la Dame du parc en se levant doucement. Une vraie amie te mettrait toujours en premier. Une vraie amie ne te laisserait pas te sentir comme ça.

Joy se leva à son tour, mais son corps était lourd, comme accablé par ces mots qui pesaient de plus en plus. Elle se força à sourire.

— Daniela m'aime. Elle ne me laissera pas tomber.

— On verra bien, conclut la femme mystérieuse en lui jetant un dernier regard. On verra bien.

Et sans un mot de plus, la Dame du parc s'éloigna.

Joy resta là, immobile sous la pluie, le cœur en miettes.

Cette conversation l'avait laissée plus troublée que jamais.

4

En rentrant chez elle, l'odeur familière et désagréable de l'alcool imprégnait l'air. Michael avait encore bu. Un soupir s'échappa des lèvres de Joy. Ce soir-là, elle n'avait pas la force de l'affronter, surtout pas après cette discussion dérangeante avec la Dame du parc.

Sans un mot, elle se dirigea rapidement vers les escaliers, espérant esquiver une énième confrontation. Mais elle n'eut pas cette chance. Avant même d'avoir atteint la première marche, une main brutale lui saisit le bras, la forçant à s'arrêter.

— T'étais où ? hurla son père, dont l'haleine chargée d'alcool l'agressa immédiatement.

Joy ferma les yeux une seconde, essayant de réprimer la nausée que l'odeur déclenchait en elle.

— Qu'est-ce que ça peut te faire ? répondit-elle froidement en essayant vainement de se libérer de son emprise.

Michael resserra sa prise, le visage rougi par la

colère. Ses yeux fixaient ceux de sa fille avec une intensité qui la mettait mal à l'aise, encore plus que d'habitude.

— J'ai le droit de savoir où tu étais, cria-t-il à nouveau. Je suis ton père !

Il y avait quelque chose de profondément ironique dans cette phrase, et sans qu'elle ne puisse le contrôler, un rire nerveux échappa à Joy. Un rire plein de frustration et de douleur.

— Mon père ? railla-t-elle, le ton chargé de mépris. Je ne vois pas de père ici. Seulement un salaud qui passe ses journées à boire !

Les traits de Michael se durcirent immédiatement, sa mâchoire se serra sous l'insulte de sa propre fille. Joy savait qu'elle avait dépassé les limites, mais elle n'en avait plus rien à faire. Toute l'accumulation, toute sa colère refoulée était enfin en train d'éclater. Joy ne voulait plus se taire.

— Qu'est-ce que tu viens de dire ? grogna-t-il, d'une voix plus sombre, plus menaçante.

— Tu as très bien entendu, répondit-elle, les yeux embrasés par la rage. T'es pas un père. Un vrai père ne passe pas ses journées à se bourrer la gueule. Un père ne laisse pas sa fille gérer toute la merde à sa place !

Aussitôt, la gifle partit si vite que Joy ne la vit pas venir. Le choc se répercuta dans toute la pièce, suivi d'un silence glacial. Sa joue la fit souffrir, Joy plaça une main dessus par réflexe, mais ce n'était rien comparé à la douleur sourde qui lui étreignait la poitrine.

En quelques secondes, ses yeux se remplirent de larmes, mais elle refusa de les laisser couler devant lui.

— Tu me traites de père indigne ? marmonna Michael, son visage se tordant de colère et de frustration. C'est moi qui t'ai élevée !

— Félicitations Michael, s'exclama Joy, tu as élevé une fille qui te déteste !

Son père recula en titubant, surpris par la violence de ses paroles et sûrement aussi par le taux d'alcool qu'il avait dans le sang. Il finit par la relâcher, et Joy en profita pour reculer, le corps tremblant d'une colère qu'elle ne savait plus comment contenir.

— Tu sais quoi ? Je me casse, poursuivit-elle. Je vais chez Daniela. Je préfère y passer la nuit que de passer une seconde de plus avec toi !

Sans attendre de réponse, elle s'élança vers la sortie, attrapant son sac au passage. Michael resta figé sur place, sidéré par la tournure des événements.

Joy ouvrit la porte avec fracas, la claquant derrière elle. Le souffle coupé, le cœur battant, elle se dirigea vers la maison de sa meilleure amie sans un regard en arrière.

Lorsqu'elle arriva enfin à destination, elle était encore sous le choc. Daniela, surprise de la voir, et surtout dans un tel état, la fit entrer sans poser la moindre question. Joy manqua de s'effondrer sur le canapé, incapable de retenir ses larmes plus longtemps.

— C'est lui qui aurait dû mourir, marmonna-t-elle entre deux sanglots. Pas ma mère, lui.

Daniela, assise à côté d'elle, ne réagit pas, semblant distraite, les yeux rivés sur son téléphone. Joy ne put s'empêcher de remarquer que cette dernière était absorbée par les messages que son petit ami lui envoyait. Ses larmes coulaient désormais à flots.

— Dani… Tu ne m'écoutes pas, affirma-t-elle faiblement, elle qui avait simplement besoin d'un soutien.

Mais Daniela ne leva même pas les yeux. Joy sentit une nouvelle vague de frustration monter en elle. Alors, elle se redressa brusquement.

— Laisse tomber, je m'en vais… J'ai compris.

Comme annoncé, elle se leva, prête à quitter la maison de son amie, mais Daniela lui saisit le poignet, la retenant doucement, bien plus délicatement que ce que Michael avait pu le faire.

— Hé… Reste ici, ok ? souffla Daniela, enfin consciente de la gravité de la situation. Je suis vraiment désolée, Joy. Tu sais que je t'aime plus que tout, pas vrai ? Plus encore que Marcus. Tu es ma meilleure amie !

Les mots de Daniela la touchèrent, et malgré la colère et la douleur, quelque chose en elle se détendit. Joy se laissa tomber à nouveau sur le canapé, épuisée. Daniela passa un bras autour de ses épaules, la serrant contre elle.

— Tout va bien, murmura t-elle. Je suis là, maintenant.

Les deux amies s'endormirent finalement dans les bras l'une de l'autre, essayant de retrouver un semblant de paix après la tempête émotionnelle de la journée. Mais dans l'esprit de Joy, les mots de la Dame du Parc résonnaient encore.

5

Le lendemain matin, une sensation de légèreté s'était emparée de Joy, comme si les événements de la veille n'avaient jamais eu lieu. Elle avait fait le choix de ne pas en parler à Daniela. Elle voulait simplement se reposer auprès de son amie.

C'était samedi. Motivées et de bonne humeur, les deux jeunes femmes décidèrent de passer la journée à la bibliothèque.

Joy se disait que, peut-être, tout pourrait revenir à la normale.

— Prête ? lui demanda Daniela avec un sourire, en lui tendant une tasse de café qu'elle lui avait elle-même préparée, son fameux cappuccino préféré.

— Comme toujours, lui répondit Joy en esquissant un clin d'œil.

Les deux filles prirent leurs sacs et se dirigèrent vers la bibliothèque de l'université. Elles y trouvèrent Marcus et Liam, qui les avait rejointes peu après leur arrivée. Marcus salua Joy d'un signe de tête, visiblement plus détendu que d'habitude. Il y avait toujours une certaine gêne entre eux, mais ce jour-là tout semblait plus léger.

— Prêt à faire fonctionner tes neurones ? dit Marcus en s'asseyant à côté de Daniela.

— Si tu fais semblant de travailler, peut-être, plaisanta Daniela en lui adressant un coup de coude dans les côtes.

Liam, assis en face de Joy, se mit à rire. Il était toujours celui qui mettait de l'ambiance, un peu le clown du groupe. Joy se surprit à sourire ouvertement pour la première fois depuis longtemps.

La matinée se déroula dans une atmosphère légère. Entre deux éclats de rire, ils passèrent quelques heures à travailler sur leurs projets, mais surtout à se moquer les uns des autres et, surtout, à s'échanger une tonne de blagues et de potins. Même Joy se sentait plus calme, presque normale, au milieu de cette bonne humeur contagieuse.

Vers midi, Liam se leva brusquement après avoir jeté un coup d'œil à son téléphone.

— Bon, les amis ! C'est l'heure de faire une pause ! On va boire un verre, dit-il en refermant son carnet de notes. Il y a un petit bar pas loin, vous venez ?

Daniela acquiesça immédiatement en jetant un coup d'œil à Marcus, mais Joy hésita.

— Je crois que je vais passer mon tour, murmura-t-elle. Je suis un peu fatiguée.

Daniela la dévisagea un instant, un léger doute traversant son regard. Elle connaissait suffisamment Joy pour savoir que ce n'était pas vraiment la fatigue qui la retenait. Elle soupçonnait son amie de préparer autre chose. Peut-être même qu'elle allait retrouver cette mystérieuse femme dont elle lui avait parlé, celle qu'elle avait rencontrée dans le parc.

— D'accord, répondit-elle finalement, sans insister. Repose-toi bien.

— On se retrouve demain ? ajouta Marcus en se levant, le ton amical.

— Oui, sans faute, répondit Joy avec un sourire qu'elle espérait convaincant.

Aussitôt, ils ramassèrent leurs affaires et Joy les regarda s'éloigner, le rire de Liam résonnant encore à ses oreilles. Mais, dès que leurs silhouettes disparurent de son champ de vision, la jeune femme sentit son estomac se nouer. Son esprit la ramenait sans cesse au parc, à cette femme qui semblait avoir une emprise inexplicable sur elle.

Joy n'avait pas prévu d'y retourner. Malgré cela, ses pieds l'y guidèrent presque naturellement. En arrivant à l'intérieur du parc, elle ressentit une étrange familiarité, comme si elle était à sa place. Oui, c'était *sa* place.

La Dame du Parc était déjà là, immobile sur son banc habituel, les mains jointes sur les genoux. Elle ne bougeait pas, mais ses yeux étaient déjà fixés sur Joy à l'entrée du parc, comme si elle l'attendait.

Alors, sans réfléchir, Joy s'approcha doucement et s'assit à sa place désormais habituelle, l'air bien plus détendue que lors de leur première rencontre.

— Je t'attendais, lança calmement la Dame du parc, un mince sourire aux lèvres. Comment vas-tu, ma chère Joy ?

Joy haussa les épaules. Elle ne savait plus vraiment comment elle allait, mais quelque chose au fond d'elle la poussait à parler, à se livrer sur des choses auxquelles elle évitait de s'étendre dessus.

— Je me suis disputée avec mon père hier soir, répondit-elle enfin, la voix teintée d'une certaine frustration. Il était ivre, encore. Et... Je lui ai dit des choses que je ne pensais même pas... ou peut-être que si.

La Dame du parc écouta attentivement, sans l'interrompre, mais fronça légèrement les sourcils au mot "père".

— Boit-il souvent ?

Joy rit nerveusement.

— Il boit *tout le temps*.

— Et que s'est-il passé ? Il t'a fait du mal ? demanda-t-elle sèchement, visiblement inquiète pour sa camarade de banc.

— Pas vraiment... Je veux dire, il m'a giflée, mais... c'est pas la première fois. C'est bon, j'ai l'habitude.

Un silence s'installa. La pluie de la veille avait laissé l'air humide et les feuilles des arbres bruissaient doucement autour d'elles.

— Pourquoi restes-tu chez toi ? demanda finalement la Dame du parc, son regard perçant plongé dans celui de Joy. Pourquoi ne pas partir ? Tu es majeure, tu es libre de faire ce que tu veux. Et encore moins de rester avec un père violent.

Joy savait qu'elle avait raison. Son cœur se serra.

— Parce que j'ai nulle part où aller.

L'inconnue se pencha légèrement vers elle, son visage si proche que Joy aurait pu en sentir son âme et connaître chacune de ses pensées. Mais les siennes lui prenaient déjà trop de temps pour qu'elle ne s'intéresse à celles des autres.

— Si tu pars, tu n'auras plus à le supporter. Tu as une vie compliquée, Joy. N'aggrave pas tes souffrances. Moi, je suis là. Je vais te protéger.

La jeune femme sentit un frisson lui parcourir l'échine. Il y avait quelque chose de rassurant et d'effrayant à la fois dans les paroles de la Dame du Parc qu'elle connaissait à peine. Pourtant, elle lui parlait comme si elle connaissait tous ses secrets, toutes ses peurs, toute sa vie. Comme si elle savait exactement ce dont elle avait besoin.

— Personne ne te fera plus jamais de mal, insista-t-elle. Ni ton père, ni personne d'autre.

Joy pousse un long soupir. Elle voulait croire à ces promesses, mais quelque chose au fond d'elle hésitait encore. Elle aimait Daniela, malgré tout. Elle savait que Marcus et Liam n'étaient pas des ennemis, et que son père... eh bien, c'était toujours son père.

— Il y a des choses que tu ne comprends pas encore, dit la Dame d'un ton mystérieux. Mais tu finiras par les voir.

Et là, sous ce ciel lourd de promesses silencieuses, Joy se laisse envelopper par la présence de cette femme énigmatique, tout en se demandant si elle ne se perdait pas un peu plus à chaque seconde.

6

Après avoir quitté le parc, Joy rentra lentement chez elle. La nuit commençait à tomber, l'humidité subsistant dans l'atmosphère. Il y avait là une aura oppressante, mais Joy continua son chemin, d'un pas lourd, tout en repensant à sa discussion avec la Dame du parc. Les mots de cette dernière résonnaient encore dans son esprit. *Je vais te protéger. Personne ne te fera plus jamais de mal.*

Arrivée devant chez elle, elle poussa prudemment la porte d'entrée, comme à son habitude. L'intérieur était silencieux, mais une odeur familière l'accueillit aussitôt : celle de l'alcool.

Sans un mot, elle monta les escaliers, deux par deux, jusqu'à atteindre sa chambre. Chaque marche grinçait sous ses pieds. Joy n'avait qu'une envie : s'enfermer dans son cocon et oublier cette journée. Se laissant tomber sur son lit, elle fixa le plafond. Joy avait besoin de réfléchir. Elle *devait* réfléchir.

Mais soudain, un bruit sourd et métallique la tira de ses pensées. Un long silence angoissant remplit l'air. Son cœur s'emballa. La jeune femme savait d'où provenait ce bruit : du salon. Alors, elle bondit hors du lit, ses pieds manquant au passage de glisser sur le sol.

Quelque chose n'allait pas.

Rapidement, elle se précipita à nouveau vers l'escalier, les mains agrippées à la rampe, le cœur battant à tout rompre. La première chose qu'elle vit fut le vide du salon. Puis, une silhouette à terre attira son attention. Son père.

— Papa ? murmura-t-elle d'une voix étranglée, certainement la seule fois où elle se permit de l'appeler ainsi.

Michael était effondré sur le sol, sa tête contre le parquet. À côté de lui, une bouteille à moitié vide. Son teint était pâle, presque livide, et ses lèvres légèrement bleutées.

Joy s'approcha de lui en tremblant, puis s'accroupit. D'abord, elle le secoua doucement, dans l'espoir qu'il se réveille. Mais, après une dizaine de secondes sans réponse, elle le bouscula violemment.

Joy était affolée.

— Papa... Papa ! Réveille-toi ! Réveille-toi !

Mais rien. Son corps était inerte. Elle posa une main tremblante sur son front : froid, mais moite. Sa respiration, presque imperceptible.

Son esprit tourna, les mots de la Dame du Parc lui

revinrent en tête. Était-ce une coïncidence ? Elle l'avait senti, cette tension dans l'air, comme si quelque chose de grave était sur le point d'arriver

Joy se leva alors d'un bond et attrapa par réflexe son téléphone. Ses doigts glissèrent sur l'écran tandis qu'elle tentait de composer le numéro d'urgence.

La voix à l'autre bout du fil était calme et posée, mais Joy n'entendait qu'un bourdonnement dans ses oreilles.

— Mon père... il a bu... il... il ne se réveille pas. Il a besoin d'aide.

Les minutes qui suivirent furent un véritable flou. Lorsqu'elle avait laissé les ambulanciers s'occuper de son père, elle était tellement sous le choc que la scène lui paraissait lointaine. Elle n'avait aucun contrôle. Les gyrophares de l'ambulance illuminaient la façade de sa maison, mais tout semblait irréel. Un nombre incalculable d'émotions l'avait envahie : de la peur, de la colère, de l'impuissance, mais aussi un étrange soulagement qu'elle n'osait pas comprendre.

Accompagnant les pompiers jusqu'à l'hôpital, Joy resta silencieuse pendant tout le trajet. Son père n'allait pas bien. Elle savait pertinemment que ce qu'il venait de se passer était grave. Malgré tout, elle ne put s'empêcher de ressentir un étrange détachement. Même en voyant son père dans un tel état, une partie d'elle ne put s'empêcher de penser que c'était... mérité.

Et là, au milieu du hall de l'hôpital, un murmure résonna dans sa tête, doux et apaisant, comme un écho familier.

C'est presque fini, Joy.
C'était la voix de la Dame du Parc. Toujours là. Toujours présente.

Après une nuit difficile à l'hôpital, Joy rentra chez elle et se laissa tomber, épuisée, sur son lit. Le même silence qui planait quelques heures auparavant l'entourait. Mais il y avait là un soulagement pour la jeune femme. Le soulagement d'être seule. Elle n'avait plus l'énergie de se battre, ni même de penser à ce qui s'était passé. Son père était toujours à l'hôpital, dans un état stable mais inquiétant, et malgré tout, une partie d'elle resta indifférente. Joy se sentait vidée par tout ce qu'elle venait de vivre. Mais, encore et encore, la seule chose qui lui resta à l'esprit fut la voix de la Dame du parc.

Alors qu'elle ferma les yeux, espérant enfin céder au sommeil, un bruit sourd la fit sursauter. Quelqu'un frappait à la porte d'entrée. Bruyamment, avec insistance. Joy se leva avec hésitation. Elle se força à descendre, traînant les pieds, l'esprit embrumé. En ouvrant la porte, elle se retrouva face à Daniela, essoufflée et l'air paniqué.

— Joy ! Oh, mon Dieu, tu vas bien ? J'ai appris

pour ton père, j'ai essayé de t'appeler, de t'envoyer des messages... Pourquoi tu m'as pas répondue ? J'étais folle d'inquiétude !

Sans attendre de réponse de sa part, Daniela se précipita à l'intérieur et prit Joy dans ses bras avec une force qui la surprit. Joy, d'abord raide et hésitante, finit par relâcher la tension de ses épaules, se laissant aller à cette étreinte rassurante. Daniela était tout ce qu'elle avait, et sentir cette chaleur humaine la sortit un instant de ses sombres pensées.

— Je suis... Je suis fatiguée, murmura Joy, la voix étouffée contre l'épaule de son amie.

Daniela recula un peu, la tint par les épaules et la regarda droit dans les yeux.

— Je comprends. Mais je suis là maintenant, d'accord ? Tu n'as pas à affronter ça toute seule. Tu sais que je suis là pour toi, toujours.

Joy poussa un petit soupir, mélange d'épuisement et de soulagement.

Elle hocha doucement la tête.

Elle n'avait pas les mots pour lui dire à quel point elle se sentait perdue, mais la présence de Daniela, elle, était là, même abrupte, lui faisait du bien. Même si une partie d'elle refusait de l'admettre.

— Viens, on va s'asseoir. Je vais te faire un café, d'accord ? proposa Daniela en la guidant doucement vers le salon.

Joy céda, trop fatiguée pour protester. Pendant que Daniela s'affairait dans la cuisine, Joy s'enfonça dans le canapé, le regard dans le vide. Son esprit se perdait entre les derniers événements et la voix réconfortante de la Dame du Parc, toujours présente à ses côtés comme l'était sa propre ombre. Ce ne fut pas seulement la fatigue physique qui lui pesa, c'était cette sensation de lourdeur constante, comme si quelque chose d'invisible lui écrasait la poitrine.

Daniela revint quelques minutes plus tard avec deux tasses fumantes. Elle s'assit à côté de Joy et lui tendit l'une d'elles.

— Je sais que c'est difficile, dit-elle doucement. Mais tu es plus forte que tu ne le penses. Et je ne te laisserai pas tomber.

Joy sourit faiblement, touchée par les paroles de son amie. Mais au fond d'elle, quelque chose la tiraillait. Un doute, une petite voix qui lui disait que même si Daniela était là, elle ne comprenait pas vraiment. Pas comme la Dame du Parc.

— Merci, murmura Joy, les yeux baissés.

Un silence confortable s'installa entre elles pendant quelques instants. Mais Daniela, inquiète pour son amie, ne put s'empêcher de rompre ce moment paisible.

— Qu'est-ce qu'il s'est passé avec ton père ? Tu veux en parler ?

Joy resta silencieuse un instant, hésitant à répondre. Elle ne savait pas comment expliquer ce qu'elle ressentait. C'était trop complexe, trop sombre. Et surtout, elle n'était pas prête à partager ses pensées avec quelqu'un d'autre que la Dame du parc. Mais elle savait que Daniela n'abandonnerait pas.

— Comme d'habitude... Il a bu, mais trop cette fois. Il est tombé et j'ai dû appeler les secours. Il est à l'hôpital, dans un sale état, c'est tout, répondit Joy d'une voix qui ne laissa transparaître aucune émotion, comme si elle énonçait un fait sans importance.

Daniela s'inquiéta du ton détaché de son amie. Elle savait que Joy traversait une période difficile, mais elle sentait qu'il y avait quelque chose de plus profond, quelque chose que Joy ne lui disait pas.

— C'est normal d'être en colère, tu sais. Mais tu peux me parler, si tu veux.

Joy serra sa tasse dans ses mains, sentant la chaleur du liquide lui brûler la peau. Elle ne pouvait pas dire à Daniela ce qu'elle ressentait vraiment. Elle ne pouvait pas lui dire qu'une partie d'elle se fichait éperdument de ce qui était arrivé à son père, que quelque chose en elle se réjouissait presque de sa chute.

Elle leva les yeux vers Daniela, cherchant une réponse qui ne vint pas. Puis, sans trop y réfléchir, elle murmura :

— Je suis juste fatiguée, Dani. Vraiment fatiguée.

7

Assise dans son amphithéâtre habituel, l'esprit de Joy était encore troublé par les événements de ces derniers jours. L'atmosphère était calme, studieuse… Tout l'inverse de ce qu'il se passait dans son cerveau déjà en surchauffe à neuf heures du matin.

À côté d'elle, Marcus et Daniela ne cessaient de discuter malgré les réprimandes du professeur, tandis que Liam traînait à l'autre bout de la rangée. Joy, elle, fixait le tableau, même si ses pensées étaient ailleurs.

Alors qu'elle tentait de se concentrer sur le cours, un mouvement attira son attention. Léo, un ami de Marcus qu'elle ne connaissait pas bien, entra dans la salle. Il salua Marcus et Liam d'un signe de tête avant de s'asseoir juste derrière Joy. À partir de ce moment, elle sentit son regard sur elle. Une attention lourde, insistante. Au début, elle essaya de l'ignorer, pensant qu'il la regardait simplement par curiosité.

Mais, au fur et à mesure que le cours avançait, elle se sentit de plus en plus mal à l'aise. Chaque fois qu'elle jetait un coup d'œil derrière elle, Léo semblait la fixer intensément. Ses yeux ne la quittèrent jamais, même lorsqu'il était surpris.

Gênée, Joy se déplaça légèrement sur son siège, espérant que ce n'était qu'une impression, mais rien n'y fit. Son regard oppressant persistait. Même le rire de Daniela, qui réussissait habituellement à la détendre, ne suffisait plus à apaiser la tension qui montait en elle.

À la fin du cours, alors que tout le monde commençait à ranger ses affaires, Léo s'approcha d'elle. Le cœur de Joy s'accéléra.

— Bonjour, Joy, dit-il avec un léger sourire en coin.

— Salut, répondit-elle sèchement, évitant son regard tout en s'empressant de mettre ses affaires dans son sac.

— Je me disais... qu'on pourrait peut-être passer du temps ensemble, non ? Juste nous deux.

Ses paroles étaient directes, trop directes pour qu'elle les prenne à la légère. Joy sentit un frisson lui parcourir l'échine.

— Non, merci, Léo, répondit-elle sans lever les yeux. J'ai déjà des projets.

— Allez, Joy, ne sois pas si froide, insista-t-il, son sourire se faisant plus pressant. On peut s'amuser, non ? Juste un verre, rien de sérieux.

— Je t'ai dit non, répéta-t-elle en le regardant cette fois dans les yeux.

Le jeune homme haussa un sourcil, visiblement surpris par sa réponse. Il recula légèrement, les mains en l'air dans un geste faussement désarmant.

— D'accord, d'accord. Pas la peine de s'énerver, murmura-t-il avant de s'éloigner, mais elle sentit encore le poids de son regard sur elle.

Joy soupira et mit son sac en bandoulière. Elle avait besoin de prendre l'air, de s'éloigner de tout cela. Alors, elle dit à Daniela qu'elle rentrait chez elle, faisant semblant d'être fatiguée, même si elle savait que son amie l'observait du coin de l'œil, doutant certainement encore de ses excuses.

Elle quitta le campus à pied, ses pas la menant sans but. Le vent frais lui fit du bien, balayant la lourdeur de l'amphithéâtre. Le silence de la rue était apaisant, chaque pas l'aidant à retrouver son âme, à repousser le malaise laissé par Léo. Mais alors qu'elle s'engageait dans une petite rue tranquille, elle entendit le bruit d'une voiture qui s'approchait derrière elle.

En se retournant, elle aperçut une voiture noire roulant lentement à ses côtés. C'était Léo. Un sourire était encore accroché à ses lèvres.

— Joy, tu ne devrais pas marcher seule comme ça. Monte, je te ramène chez toi.

Joy ne répondit pas, mais accéléra le pas.

— Allez, fais pas ta gamine, poursuivit-il, le ton se faisant plus insistant. Je veux juste te raccompagner, c'est tout. T'es fatiguée, non ? Tu l'as dit toi-même.

— Léo, laisse-moi tranquille, rétorqua-t-elle d'une voix forte, sentant la colère monter en elle.

Mais il ne s'arrêta pas.

— Monte dans la voiture, Joy. C'est pas sûr ici, tu sais. On ne sait jamais ce qui peut t'arriver.

Il y avait une certaine menace voilée dans ses mots, quelque chose de sournois qui fit battre le cœur de Joy encore plus vite. Ses mains tremblèrent légèrement, mais elle ne ralentit pas.

— J'ai dit non, Léo ! cria-t-elle cette fois, s'arrêtant un instant pour faire face à la voiture.

Le regard de Léo s'assombrit. Il la fixa quelques secondes, les doigts tambourinant sur le volant. Puis, enfin, il soupira.

— Comme tu veux, dit-il d'une voix glaciale, avant de filer et de disparaître au coin de la rue.

Joy resta immobile quelques secondes, le cœur battant à tout rompre. Elle serra les poings, sentant l'adrénaline couler dans ses veines. Puis, sans plus réfléchir, elle reprit sa marche, essayant de se calmer.

Elle savait exactement où elle allait maintenant.

Joy se mit à marcher rapidement, ses pensées tourbillonnant dans sa tête, la colère martelant ses tempes. Elle serra les poings, incapable de canaliser la rage qui montait en elle. Léo... Comment osait-il ? Cette arrogance, cette insistance... Il avait dépassé les bornes. Et pourtant, elle ne ressentait plus que cette même impuissance qu'elle ressentait à chaque fois qu'elle se retrouvait face à une situation qu'elle ne maîtrisait pas.

Soudain, ses pas s'accélérèrent d'eux-mêmes, ses jambes se dérobant presque sous le poids de l'émotion. Joy se mit à courir. Elle voulait échapper à cette colère.

Le parc. Il fallait qu'elle aille au parc. Elle devait parler à la Dame du parc. Elle seule pouvait comprendre. Elle seule pouvait l'écouter sans la juger.

D'un souffle court, elle traversa les rues, son sac claquant contre sa hanche. Chaque foulée semblait la libérer un peu plus de cette tension accumulée, mais à mesure qu'elle se rapprochait, son cœur battait plus vite.

Elle atteignit enfin le parc, encore désert à cette heure, et ralentit à l'entrée, à bout de souffle.

La pluie commençait à tomber, fine et froide. Mais elle s'en moquait.

Là, au loin, sur le banc habituel, la silhouette

familière de la Dame du parc attendait. Comme toujours.

Haletante et les joues rougies par l'effort, Joy s'approcha à grands pas. Elle se laissa presque tomber sur le banc, la pluie ruisselant sur son visage, se mêlant à la sueur et à quelques larmes incontrôlables. Elle resta silencieuse un moment, le regard perdu dans le vide, cherchant les mots, cherchant à exprimer cette rage sourde.

La Dame du parc tourna légèrement la tête vers elle, silencieuse, attentive. Puis, au bout d'un moment, elle prit la parole.

— Tu sembles agitée, Joy. Que s'est-il passé ?

Joy déglutit difficilement, les mots restèrent coincés dans sa gorge. Mais elle ne pouvait pas rester silencieuse plus longtemps. Elle devait tout lui dire.

— Léo, murmura-t-elle enfin. Ce... ce type... Il m'a suivie après l'école, il a insisté... Il voulait que je monte dans sa voiture, il ne me laissait pas tranquille.

Le ton de sa voix trahissait la colère qu'elle tentait de maîtriser. La Dame du parc acquiesça lentement, comme si elle avait tout compris sans avoir besoin de plus de détails. Son regard, toujours aussi perçant, se posa sur Joy avec une intensité particulière.

— Il t'a manqué de respect, poursuivit-elle à voix basse. Et tu n'as rien fait ?

Joy serra les dents, ses poings tremblèrent. Elle avait tellement envie de réagir, mais quelque chose la retenait toujours. Elle avait peur de ses propres réactions, peur de ce qu'elle pourrait faire si elle laissait exploser toute sa colère. Mais maintenant, en présence de la Dame, elle sentit cette barrière s'effondrer.

— J'aurais dû faire plus, murmura-t-elle, la voix brisée. J'aurais dû…

— Oui, répondit la Dame du Parc, son ton devenant plus froid, presque tranchant. Tu aurais dû. Tu ne peux pas laisser ces gens te marcher sur les pieds, Joy. Ni Léo, ni ton père... ni personne.

Les mots de la Dame résonnèrent dans l'esprit de Joy, renforçant une idée qu'elle n'avait jamais osé s'avouer : elle en avait assez d'être faible. Elle en avait assez de laisser les autres contrôler sa vie.

— Mais tu n'es pas seule, poursuivit la Dame, son ton se faisant plus doux, presque rassurant. Il y a toujours quelqu'un qui veille sur toi. C'est moi.

Ces simples mots provoquèrent un étrange frisson dans le corps de Joy. Elle acquiesça sans vraiment réfléchir, le regard toujours fixé sur l'horizon. Elle ne savait pas trop où commençait la réalité et où s'arrêtaient ses pensées tourmentées, mais une chose était sûre : elle se sentait en sécurité ici, avec cette femme à ses côtés.

— Ne laisse plus jamais personne te traiter de la sorte, déclara la Dame du parc. Montre-leur de quoi tu es capable.

Joy tourna enfin la tête vers elle, une nouvelle étincelle dans les yeux.

— Oui… Vous avez raison.

Elle se leva brusquement du banc, la pluie s'intensifiant, battant contre son visage. La colère ne l'avait pas quittée, mais elle savait maintenant ce qu'elle devait faire. Plus jamais elle ne se laisserait faire. Elle ne serait plus jamais la fille fragile que tout le monde croyait qu'elle était.

Joy fixa une dernière fois la Dame du Parc, cette silhouette immobile et calme malgré la tempête qui grondait autour d'elles. Puis elle s'éloigna, le pas lent mais déterminé, sentant l'énergie de la colère la pousser vers l'avant.

Elle allait leur montrer.

8

Joy avait immédiatement senti que quelque chose n'allait pas. Le calme de l'université était différent du silence habituel. Il y avait une tension étrange qui régnait dans les couloirs, sans qu'elle ne puisse mettre de mots dessus. Les étudiants parlaient à voix basse, échangeant des regards inquiets.

La jeune femme s'arrêta un instant, avant de se diriger comme à son habitude vers l'amphithéâtre.

Bientôt, elle y trouva ses amis. Eux-aussi semblaient tendus, voire inquiets. Joy commença légèrement à appréhender ce qu'il avait bien pu se passer.

— Qu'est-ce qui se passe ? demanda-t-elle innocemment, en s'asseyant à côté d'eux.

Liam échangea un regard avec Marcus, puis Daniela, avant de répondre.

— T'as pas entendu la nouvelle ? Leo a eu un grave accident ce matin, sur le chemin de l'université.

Joy sentit une étrange sensation se développer dans

son estomac, un mélange de choc et de quelque chose qu'elle n'arrivait pas à définir.

— Un accident ? Que s'est-il passé ? murmura-t-elle.

Marcus se passa une main dans les cheveux, visiblement perturbé.

— On ne sait pas exactement. Sa voiture a dérapé et a heurté un arbre. Il est à l'hôpital, mais... il va bien. Enfin, c'est un grand mot. Ses deux jambes sont plâtrées.

Aussitôt, les mots de Marcus résonnèrent dans l'esprit de Joy. Ses jambes se mirent à trembler, et elle sentit un picotement dans ses doigts. Léo, le même Léo qui l'avait harcelée la veille, était maintenant cloué sur un lit d'hôpital, incapable de marcher. Son cœur s'emballa. Elle ne pouvait s'empêcher de se poser une question qui lui brûlait la langue : la Dame du parc avait-elle quelque chose à voir avec cet accident ?

Elle secoua la tête, essayant de chasser cette pensée aussi vite qu'elle était venue. Ce n'était qu'une coïncidence, rien de plus. Tout comme l'accident de son père, un simple enchaînement de circonstances malheureuses. C'était impossible. Complètement absurde. Et pourtant... une partie d'elle ne pouvait s'empêcher de douter.

Après cette révélation, Joy tenta de se concentrer sur la conversation, mais ses pensées s'entrechoquaient dans son esprit. Elle se revit la veille, en colère et pleine de ressentiment, parlant à la Dame du parc. Elle se souvint des paroles réconfortantes de cette femme, de son ton apaisant, presque rassurant... Mais qui était-elle vraiment ? Cette question lui traversa l'esprit, puis elle l'écarta à nouveau. Non, ce n'était qu'une série de coïncidences. Rien de plus.

Mais, cette pensée resta dans un coin de son esprit.

Le reste de la matinée s'écoula dans un flou étrange. Joy avait l'impression que les minutes s'étiraient, que les regards des autres élèves pesaient sur elle. Mais elle resta silencieuse, enfermée dans ses pensées. De son côté, Daniela n'avait pas dit un mot depuis qu'elles avaient rejoint la classe. Joy sentait qu'elle l'observait, parfois du coin de l'œil, comme si elle cherchait à comprendre quelque chose.

Daniela avait toujours été attentive, toujours présente, mais ces derniers temps... les choses avaient changé.

À la pause, Daniela se tourna enfin lentement vers Joy, un air inquiet sur le visage.

— Joy, tu vas bien ? Tu ne dis rien…

Joy baissa les yeux, cherchant ses mots. Elle ne savait pas vraiment quoi dire, car au fond d'elle-même, elle savait que Daniela avait raison. Elle n'était plus tout à fait la même. Depuis cette rencontre avec la Dame du parc, depuis les disputes avec son père, depuis les incidents qui avaient suivi... quelque chose en elle s'était brisé. Ou peut-être que quelque chose de nouveau était apparu, elle n'en était pas encore sûre.

— Je suis juste fatiguée, Dani. J'ai beaucoup de choses en tête, c'est tout, répondit-elle d'une voix monotone.

Mais Daniela ne sembla pas convaincue. Son regard balaya Joy avec une intensité presque douloureuse, comme si elle essayait de retrouver l'amie qu'elle connaissait, celle qui souriait, celle qui partageait tout avec elle. Celle qui lui échappait désormais.

— J'ai l'impression de te perdre, avoua Daniela dans un murmure, la gorge serrée, avant de se retourner sur son ordinateur portable.

Ces mots frappèrent Joy comme une gifle, mais elle n'eut pas la force de répondre. Au fond d'elle-même, elle ne savait pas si elle pouvait encore être l'amie que Daniela attendait.

Le soir-même, Joy traversa le parc, les mains enfoncées dans les poches de son manteau. La brise d'automne se fit plus froide, en témoignaient ses joues rougies. Son cœur battait la chamade, comme s'il essayait de lui dire quelque chose, de lui crier un avertissement qu'elle refusait d'écouter.

Mais elle était déterminée.

Elle devait en avoir le cœur net.

Au loin, elle aperçut la silhouette familière de cette femme, toujours assise sur le même banc, immobile comme une statue. Autour d'elle, le parc semblait désert, plongé dans une rare tranquillité. Joy s'approcha, les sourcils froncés. Son esprit était en désordre.

La femme tourna légèrement la tête, comme si elle l'attendait, comme si elle savait déjà ce qu'elle était venue demander.

— Je savais que tu viendrais, dit-elle calmement, d'une voix toujours aussi douce.

Joy lui fit face, les poings serrés dans ses poches. Elle n'eut même pas la force de s'asseoir. La fatigue accumulée, le stress des derniers jours, tout cela l'écrasait. Mais c'était plus que cela. C'était la peur, une peur qu'elle n'avait jamais osé reconnaître jusqu'à présent.

— C'était vous ? s'exclama-t-elle.

La Dame du parc ne répondit pas tout de suite. Elle laissa le silence s'installer, pesant la question. Ses yeux fixaient Joy, inexpressifs, presque vides, et son visage resta neutre, comme si la question ne l'affectait pas.

— De quoi parles-tu ? demanda-t-elle finalement, feignant l'ignorance.

— Vous savez de quoi je parle ! s'écria Joy, la voix tremblante d'émotion. Mon père... Léo... Est-ce que vous avez quelque chose à voir avec ça ? Est-ce que... est-ce que vous leur avez fait du mal ?

Le visage de la femme resta impassible. Pas un muscle ne bougea. Elle cligna des yeux, presque mécaniquement, avant de secouer la tête.

— Non, Joy. Je n'ai rien fait, répondit-elle calmement.

Mais Joy ne fut pas rassurée.

Le ton de la femme était bien trop neutre, trop lisse. Il n'y avait ni regret, ni indignation, ni même de surprise. Juste cette froideur implacable, ce masque qu'elle portait depuis leur première rencontre.

— Dans ce cas, pourquoi tout se passe mal depuis que je vous ai rencontrée ? Pourquoi tout ce qu'il se passe a un lien avec nos discussions ? demanda Joy, sa voix n'étant plus qu'un murmure, comme si elle redoutait la réponse.

La femme la dévisagea longuement, puis un sourire presque imperceptible effleura ses lèvres.

— Parfois, les choses suivent leur cours, répondit-elle simplement. Parfois, elles se déroulent comme elles sont censées le faire. Je ne fais qu'écouter, Joy. Je suis là pour toi.

Malgré ces belles paroles, il y avait quelque chose dans ses yeux, une lueur cachée derrière ce semblant d'indifférence. Quelque chose qui ne correspondait pas à ses mots.

Joy baissa les yeux, confuse et épuisée. Les événements des derniers jours défilaient dans son esprit, mêlant doutes et certitudes. Elle voulait croire que cette femme n'y était pour rien, qu'elle n'était qu'une oreille attentive, une amie qui tenait à elle. Mais une autre partie d'elle sentait que quelque chose n'allait pas, que quelque chose de bien plus sombre était en train de se dérouler.

— Joy... murmura la Dame du parc en lui tendant doucement la main pour l'inviter à s'asseoir à ses côtés.

Sans un mot, Joy s'assit, incapable de décider si elle devait lui faire confiance à nouveau. Mais une chose était sûre : ce lien étrange entre elles devenait de plus en plus fort, de plus en plus envahissant.

Elle se sentait prise au piège, comme si la Dame du parc savait exactement quels fils tirer pour la garder près d'elle.

9

Joy était épuisée.

Tout lui paraissait flou, comme si son corps s'était séparé de lui-même. Affalée sur son lit, ses yeux ne fixèrent le plafond qu'un court instant. Peu à peu, ses paupières s'alourdirent, jusqu'à ce qu'elle sombre dans un profond sommeil.

Mais, après seulement quelques heures, elle se réveilla brusquement. Son souffle était coupé. Sa chambre était éclairée par le clair de lune, qui laissait penser que le soleil était encore loin de pointer le bout de son nez. Quelque chose n'allait pas.

Il y avait un silence étouffant autour d'elle. Une sensation glacée lui parcourut le corps. Un son gênant, celui de quelqu'un traînant un poids lourd sur le sol.

Et, tout à coup, un nouveau bruit sourd retentit, cette fois-ci dans le couloir. Joy se redressa lentement dans son lit, écoutant attentivement. Le bruit se répéta, plus proche encore. Son cœur s'emballa, battant la chamade dans sa poitrine.

Elle se leva avec précaution du lit, ses pieds nus touchant le sol froid. Dans le silence de la maison, chaque pas semblait amplifié. Elle ouvrit doucement la porte de la chambre et jeta un coup d'œil dans le couloir. Tout paraissait normal, mais ce sentiment de malaise ne la quittait pas.

Alors, elle descendit les escaliers, chaque pas qu'elle fit étant accompagné de ce même bruit de raclement lointain. Après être descendue, elle aperçut la porte d'entrée entrouverte, une légère brise la faisant s'éloigner légèrement. Joy se précipita vers elle, les mains tremblantes, et ouvrit la porte avec force. Ce qu'elle aperçut lui coupa le souffle.

Au milieu du jardin, juste devant elle, une silhouette familière était immobile dans la lumière faible des réverbères. C'était la Dame du parc.

Cependant, cette fois-ci, elle ne se trouvait pas sur un banc, mais debout, devant la maison de Joy, et la fixait avec attention. Son regard était plus obscur que jamais, et son visage semblait altéré par quelque chose que Joy ne parvenait pas à reconnaître.

— Que faites-vous ici ? interrogea Joy d'une voix tremblante.

La Dame du Parc resta silencieuse. Elle demeura immobile, l'observant avec ses yeux perçants rivés sur elle. Ensuite, elle leva doucement le bras et indiqua quelque chose derrière Joy sans dire un mot. Joy se tourna, le cœur battant, et ce qu'elle vit la pétrifia sur place.

Sur le sol, Daniela gisait sans vie. Son corps était inerte, une mare de sang s'étendant sous elle.

Joy hurla de terreur, ses mains couvertes de sang alors qu'elle tentait désespérément de la réveiller.

— Daniela ! Non ! s'écria-t-elle, les mains tremblantes.

Mais rien. Pas un souffle, pas un mouvement. Rien que ce silence morbide, interrompu par les battements frénétiques de son propre cœur.

Derrière elle, la voix glaciale et implacable de la Dame du Parc s'éleva.

— Tu l'as fait, Joy.

Joy se figea. Ses mains tremblèrent plus fort et elle regarda le corps de Daniela, complètement perdue. Que s'était-il passé ? Comment avait-elle pu faire ça ? Ce n'était pas elle... ça ne pouvait pas être elle.

— Non..., murmura-t-elle en reculant d'horreur.

Mais la voix de la Dame du parc l'enveloppa comme une toile invisible.

— Tu devais le faire. Maintenant, tu es libre. Personne ne pourra plus jamais te faire de mal.

Son regard ne pouvait se détacher du corps sans vie de son amie. Les mots résonnaient dans son esprit.

La panique montait en elle, encore et encore, l'étouffant jusqu'à lui couper totalement la respiration. Tout ce qui l'entourait devint flou. Trop flou. Alors elle poussa un dernier cri désespéré… et se réveilla en sursaut.

Son corps était couvert de sueurs froides et son cœur battait la chamade. Elle se redressa brusquement dans le lit, cherchant ses repères.

Tout était calme.

Ce n'était qu'un rêve.

Rien qu'un mauvais rêve.

10

Joy se réveilla, avec encore quelques sueurs dues à son cauchemar. Le pire de tous.

Incapable d'affronter cette journée, elle prit une décision radicale : elle n'irait pas en cours. En plus, elle ne voulait qu'une chose, et son corps le savait. Ce fut pourquoi ses jambes l'emmenèrent presque d'elle-même vers un lieu plus que spécial pour la jeune femme, et qu'elle n'avait pas fréquenté depuis longtemps : le cimetière.

C'était là qu'elle allait lorsque rien ne semblait plus avoir de signification, quand, petite, elle s'était disputée avec ses copines, ou encore pour se plaindre de son père qui, déjà, ne s'occupait pas d'elle.

Dans les rues désertes de sa ville, elle se déplaça d'un pas lourd jusqu'à arriver aux portes rouillées du cimetière. Sous ses pieds, des allées couvertes de feuilles.

Le cimetière était un lieu étrangement tranquille et paisible, contrastant fortement avec la tempête qui grondait dans sa tête.

Arrivée sur la tombe de sa mère, Joy s'agenouilla en silence. Elle resta là un moment, les yeux fixés sur la pierre gravée : *Amelia Carter - Une mère aimante.* Elle ressentait toujours un pincement au cœur lorsqu'elle lisait ces mots.

— Maman, murmura-t-elle en caressant doucement la tombe. Je sais plus quoi faire.

Elle parlait doucement, comme si la pierre pouvait l'entendre et lui répondre. Mais il n'y eut que le silence. La seule présence qui lui répondait ces jours-ci était cette mystérieuse femme du parc. La Dame du parc, avec ses paroles réconfortantes et ses insinuations troublantes.

— Tout a changé depuis que je l'ai rencontrée. Mais... je ne sais pas si c'est bien ou mal, avoua-t-elle, perdue dans ses pensées. Papa, Léo... elle ne peut pas être responsable, n'est-ce pas ? Ça n'a pas de sens…

La pluie commença à tomber doucement sur le sol. Joy ferma les yeux, cherchant désespérément du réconfort dans le murmure du vent. Mais il n'y avait aucune réponse. Elle savait qu'elle ne trouverait aucune solution ici, auprès de sa mère.

Alors, après quelques minutes de silence, elle se leva lentement, le cœur toujours aussi lourd, et rentra chez elle.

Lorsqu'elle franchit la porte d'entrée, elle fut saisie d'un étrange mélange de soulagement et de tension. Joy n'avait aucune envie de voir son père après son retour de l'hôpital. Elle était consciente qu'il se trouvait dans sa chambre, sans doute allongé sur son lit, fatigué. Mais elle ne ressentait rien. Ni culpabilité, ni crainte, simplement une neutralité froide.

Elle se dirigea immédiatement vers sa chambre et s'étendit elle aussi sur son lit. Chaque soir, les heures s'écoulaient, et comme chaque soir, Joy était consciente qu'elle devrait bientôt retrouver la Dame du Parc.

De manière automatique, elle se leva et se dirigea vers la fenêtre. Au niveau inférieur, à travers le rideau de branches, elle distingua la silhouette de la femme assise sur le banc, immobile, comme à son habitude. Joy demeura figée.

Et si la Dame du parc avait quelque chose à voir avec les drames récents ? Ces pensées se bousculaient dans son esprit, lui inspirant une méfiance nouvelle. Depuis leur rencontre, les événements tragiques semblaient se multiplier. Mais il n'y avait aucune preuve, seulement une intuition qui grandissait en elle.

Joy continua de l'observer, incapable de détourner le regard. La Dame du Parc ne bougeait pas. Elle attendait. Elle attendait toujours.

Finalement, elle soupira, tira les rideaux, et se détourna. Ce soir, elle ne la rejoindrait pas. Pour la première fois, elle resterait en retrait.

Mais, seule dans sa chambre, rien ne pouvait la calmer. Ses larmes commencèrent à couler librement sur ses joues. Joy préférait pleurer dans le noir, là où personne ne pouvait la voir si fragile. Chaque larme, chaque pensée, renforçait l'idée qu'elle ne serait plus jamais heureuse.

Joy s'effondra sur son lit. Si ce bonheur n'existait plus, était-ce juste de ne remplir son être que de douleur et de colère ?

11

Cela faisait une semaine que Joy n'était pas allée à l'université. Ses journées étaient devenues monotones, avec une fatigue et une anxiété qui l'enveloppaient à chaque seconde, comme si elle ne pouvait s'en débarrasser. De temps en temps, son téléphone vibrait, avec des messages de Daniela, des appels manqués de Marcus ou d'autres camarades. Mais Joy ne répondait que brièvement, lâchant quelques mots vagues, incapable de faire le moindre effort.

Un après-midi, alors que Joy était toujours affalée sur son lit, perdue dans ses pensées, on frappa à la porte d'entrée. C'était Daniela. Inquiète de ne pas avoir de nouvelles d'elle, elle avait décidé de passer voir son amie à l'improviste.

Après avoir frappé plusieurs fois à la porte, Daniela prit l'initiative d'entrer. Elle connaissait bien la maison de Joy et ne s'embarrassait pas de formalités. Ici, tout était silencieux, presque figé dans le temps. Un frisson d'angoisse lui parcourut le corps tandis qu'elle monta les escaliers jusqu'à la chambre de son amie.

En ouvrant la porte, Daniela découvrit Joy allongée, les rideaux fermés, laissant à peine passer la lumière du jour. La pièce était plongée dans la pénombre. Joy n'avait même pas tourné la tête en direction de Daniela. Elle restait là, les yeux dans le vide, perdue dans ses pensées.

— Joy... murmura doucement Daniela en s'approchant lentement. Ça fait des jours que j'ai pas de nouvelles de toi... Qu'est-ce qu'il se passe ?

Son amie prit place sur le bord du lit, son regard rempli de bienveillance, comme toujours, posé sur elle. Pendant un instant, elle crut que Joy allait encore l'ignorer. Mais quelque chose en elle céda. Soudain, sans crier gare, les yeux de Joy se remplirent de larmes. En quelques secondes, elle éclata en sanglots.

— Je sais pas quoi faire... Tout va mal, lâcha-t-elle d'une voix à peine audible.

Daniela, déconcertée par cette soudaine émotion, se précipita pour prendre son amie dans ses bras. Elle la serra contre elle, comme pour empêcher sa meilleure amie de sombrer davantage. Les pleurs de Joy étaient incontrôlables, des sanglots qui semblaient jaillir d'un puits sans fond.

— C'est bon, je suis là, Joy... Je ne vais nulle part, tu

m'entends ? Tout va bien..., chuchota doucement Daniela en caressant ses cheveux.

Joy resta contre elle, les épaules secouées de spasmes. Elle semblait avoir gardé trop longtemps ses émotions pour elle. Daniela l'écouta pleurer, la laissant se vider de toute la douleur accumulée. Peu à peu, les larmes de Joy se calmèrent. Et, enfin, elle parvint à respirer un peu plus calmement.

— Tout va mal... Je sais même pas ce qui m'arrive, murmura-t-elle à voix basse. Mon père, l'université... tout…

Daniela ne dit rien, mais resserra son étreinte autour de Joy. Après un long moment de silence, elle se leva lentement du lit et se dirigea vers la fenêtre. De là, elle pouvait voir le parc, l'endroit qui semblait si important pour Joy ces derniers temps. Elle fixa l'horizon, plissant les yeux, comme si elle essayait de discerner quelque chose.

— La Dame du parc… Tu la vois encore ? demanda-t-elle doucement.

Joy, toujours recroquevillée sous les couvertures, essuya maladroitement ses dernières larmes. Sa voix, bien que fatiguée, était empreinte d'une certitude implacable.

— Oui... elle est là. Elle est sur le banc depuis que j'ai arrêté d'y aller... Elle m'attend, dit-t-elle simplement.

Daniela resta silencieuse un moment, toujours fixée sur la silhouette lointaine du banc public. Il n'y avait personne en vue, rien que du vide. Pourtant, elle se garda bien de le dire. Elle avait appris à marcher sur des œufs avec Joy ces derniers temps.

— D'accord..., répondit-elle simplement, en se dirigeant lentement vers le lit.

Daniela se rassit à côté de Joy, le regard un peu plus sérieux. Elle resta silencieuse, n'essayant pas de pousser la conversation plus loin. Elle sentait bien que quelque chose n'allait pas, mais elle ne savait pas quoi faire pour aider son amie. Pourtant, elle refusait de la laisser seule.

— Tu vas rester ici un moment, pas vrai ? demanda Joy doucement, presque en suppliant.

— Bien sûr. Je ne te laisserai pas seule, promit Daniela.

Sans un mot de plus, elle s'allongea à ses côtés, sous les couvertures, l'une contre l'autre, comme elles le faisaient parfois lorsqu'elles étaient plus jeunes. La chambre était silencieuse, mais une tension flottait encore dans l'air.

Dehors, dans le parc que Joy regardait toujours, il y avait cette ombre, cette présence.

12

Le lendemain matin, Daniela se réveilla avec une impression étrange. Sa meilleure amie était à ses côtés, mais il y avait comme un mur entre elles, une distance invisible. Et ce depuis que Joy avait rencontré cette femme. Daniela n'était pas jalouse, seulement inquiète. Elle voulait que son amie se confie à elle, lui explique pourquoi elle avait tant besoin de lui parler, pourquoi elle ne le faisait pas avec elle. Peut-être n'était-elle pas une si bonne confidente que ce qu'elle pensait. Pourtant, elles s'étaient toujours partagées leurs moindres secrets, du plus drôle au plus sérieux.

Daniela soupira si bruyamment qu'elle en réveilla sa meilleure amie. Joy, encore à moitié endormie, vit Daniela assise sur le rebord du lit, l'observant avec tendresse.

— Ça va ? murmura Joy, sa voix encore ensommeillée.

Daniela hésita, avant de hocher la tête.

— Ça te dit de sortir ?

Mais avant que Joy ne puisse décliner, comme elle avait l'habitude de le faire, la jeune femme continua.

— Que toutes les deux. On va à notre rocher… Ça fait longtemps.

Notre rocher, c'était le nom qu'elles avaient donné à ce gros caillou qui surplombait le grand lac de leur ville, alors qu'elles n'étaient qu'au lycée. Elles s'y retrouvaient pour discuter, ou simplement se ressourcer.

Daniela guetta avec attention la réaction de Joy, et lorsqu'elle vit un sourire sur son visage, elle s'empressa de s'affaler sur le lit pour l'entourer de ses bras. Leurs rires finirent par remplir la pièce d'une bonne humeur nouvelle, à la grande satisfaction de Daniela.

À l'entrée du petit sentier menant à leur rocher, le soleil avait déjà pris sa place haut dans le ciel. Tout laissait présager une belle matinée, d'autant plus que Joy semblait radieuse. Elle riait, souriait, discutait. Elle ne parlait pas de tout, mais elle parlait.

Pas à pas, elles montèrent ce chemin qu'elles avaient dû emprunter une centaine de fois et, pourtant, ce même frisson d'excitation les parcourut. Cette sensation de pouvoir contempler leur ville de là-haut les avait toujours fait rêver.

Arrivées au bord du lac, leur imposant rocher était toujours là. Elles gravirent une petite pente, puis s'assirent dessus, les jambes pendant dans le vide. Désormais, il y avait un silence à la fois apaisant et lourd de non-dits entre elles. Daniela fixait l'eau aux reflets d'or sous leurs pieds.

C'était là qu'elles avaient partagé leurs premiers secrets, leurs premières peines, et tant de promesses. Et c'était là que Joy ne lui disait maintenant pas la vérité. Elle tourna la tête vers son amie, espérant que ce moment les aiderait à retrouver cette connexion.

Après plusieurs minutes à se remémorer leurs souvenirs d'enfance, Daniela se décida.

— Joy… J'ai besoin de savoir qui elle est.

Son amie tourna légèrement la tête.

— On en a déjà parlé.

— Tu me connais, j'ai besoin de tout savoir.

— Je t'ai dit ce que tu avais à savoir.

Le ton soudainement froid de Joy interloqua Daniela, mais elle n'abandonna pas.

— S'il te plaît…

— Dani, c'est pour ça qu'on est là ? demanda fermement Joy qui avait furtivement laissé entrevoir son visage à son amie, qui remarqua ses yeux remplis de larmes.

— Non ! C'est juste que… Il s'est passé beaucoup de choses ces derniers temps…

— On a déjà abordé le sujet.

Le silence qui suivit la dernière phrase de Joy n'avait rien d'apaisant cette fois-ci. Daniela sentait une froideur s'installer, presque palpable.

— Tu ne peux pas comprendre pas, Dani, dit Joy d'un ton tranchant.

Daniela resta figée, surprise par la dureté de sa voix. Elle essaya de rassembler son courage, de trouver un moyen d'apaiser la situation, mais tout lui échappa.

— Alors aide-moi à comprendre, tenta-t-elle, presque suppliant.

Joy tourna la tête vers l'horizon, refusant de croiser le regard de Daniela. Son visage était fermé.

— Ça ne sert à rien.

La jeune femme avait l'impression de ne plus reconnaître son amie, celle avec qui elle partageait tout autrefois. Une boule se forma dans sa gorge, et elle baissa les yeux vers le sol.

— Joy, murmura-t-elle, on se disait tout, avant. Pourquoi tu ne peux plus le faire maintenant ?

Joy serra les dents, son visage toujours impassible.

— C'était avant.

Le ton de sa voix était presque tranchant, et

Daniela sentit son cœur se serrer davantage. Elle avait espéré que ce moment sur leur rocher les rapprocherait, mais tout semblait empirer.

— C'était avant ?

Joy soupira.

— Dani, arrête de faire semblant de ne pas comprendre. Je veux qu'on arrête de parler de ça, maintenant.

Joy se leva soudainement, ses mouvements brusques, comme si rester là, sur leur rocher, lui devenait insupportable. Elle tourna le dos à Daniela, les bras croisés, le regard perdu dans l'immensité du lac. Mais lorsqu'elle observa furtivement son amie, elle vit son regard qui la suppliait d'obtenir une réponse à sa question.

— Peut-être que je ne veux plus que ce soit comme avant, murmura-t-elle finalement, sa voix presque brisée.

Ce fut la phrase de trop pour Daniela qui sentit tout en elle se dérober. Elle n'avait plus rien à faire, plus aucun argument pour essayer de sauver ce qui semblait déjà perdu. Alors elle se leva à son tour et, sans un mot de plus, elle tourna les talons et descendit la pente, tentant de ravaler ses larmes.

Désormais, ce rocher n'était plus le symbole de leur amitié, mais de l'endroit où tout avait basculé.

13

C'était une éternité. Voilà ce que pensait Joy de chaque jour qui passait. Cette mélancolie ne la quittait plus, tout comme cette angoisse constante. Pourtant, il y avait au fond d'elle une lueur de détermination. Elle savait qu'elle ne pourrait pas fuir indéfiniment. Il lui fallait retourner au parc. Elle le *devait*. Cette femme l'attendait depuis tout ce temps et, Joy, égoïste, l'avait laissée tomber, tout comme elle était en train de le faire avec Daniela.

Elle était consciente que ses amis finiraient par se lasser de cette femme trahissant ses mensonges qui disaient que tout irait mieux. Un jour, ils ne reviendraient plus, la laissant seule face à ses démons. Cette pensée l'effrayait plus que tout, car si Daniela abandonnait, alors qui resterait ?

Et pourtant, ce fut cette peur de l'abandon qui la poussa à agir. Ce matin-là, Joy se leva avec une décision claire : elle allait retourner au parc, là où elle serait enfin comprise. Enfilant sa veste, elle sortit dans l'air frais, indifférente au ciel gris qui menaçait de pleuvoir. Ses pensées tourbillonnaient autour de Daniela. Elle l'aimait, bien sûr, mais pourquoi ne pouvait-elle pas simplement laisser les choses être ? Pourquoi insistait-elle autant, revenant sans cesse avec ses questions, ses encouragements vides de sens, ses paroles rassurantes qui ne faisaient qu'accroître le poids de sa propre impuissance ?

En arrivant devant le parc, chaque pas lui semblait lourd, comme si le sol lui-même essayait de l'arrêter. Mais elle ne s'arrêta pas, au contraire. Elle se dirigea vers le banc où elle avait rencontré la Dame pour la première fois. Son cœur battait plus vite.

L'appréhension et la curiosité se mêlaient en elle. La femme était assise, là. Sa silhouette semblait plus sombre que jamais. Lorsque Joy arriva, elle leva les yeux et un sourire froid se dessina sur ses lèvres.

— Te voilà ! s'exclama-t-elle. J'ai cru ne jamais te revoir.

— J'avais besoin de temps, répondit simplement l'étudiante d'une voix tremblante. Je suis désolée.

— Tu es désolée ? Désolée ?

La Dame éclata de rire, d'un rire désabusé. Ce fut la première fois que Joy l'entendit rire mais, plutôt que de la faire sourire, cette attitude lui glaça le sang.

— Que sais-tu vraiment de la désolation ? Je suis

celle qui attend, celle qui est là même quand tout le monde te tourne le dos. Tu m'as abandonnée, Joy. Et tu sais quoi ? Ça me fait mal.

Le cœur de Joy se serra à ces mots. Elle avait voulu revenir pour comprendre, pour mettre des mots sur son malaise, mais l'hostilité de la Dame la déstabilisa.

— Je ne voulais pas vous faire de mal, mais je…

— Mais tu as préféré rester cachée, interrompit la mystérieuse femme, les yeux brillants de colère. Crois-tu que cette amie, Daniela, sera toujours là pour toi ? Elle ne sait rien de ta souffrance. Elle ne voit que ce qu'elle veut voir.

Joy sentit une boule d'angoisse se former dans sa gorge. Pourquoi parler à nouveau de Daniela ? Son cœur se serra. Certes, son amie ne la comprenait plus, c'était vrai. Mais l'abandonner ? Elle n'en était pas capable. Pourtant, la Dame avait raison sur un point : Daniela ne voyait pas toute la douleur qui l'habitait. Elle essayait de la forcer à parler, mais parler n'était pas toujours la solution.

— Daniela est mon amie, tenta-t-elle de répondre, la voix tremblotante. Elle veut juste m'aider, même si elle ne comprend pas tout.

La Dame se leva brusquement et s'avança vers Joy.

— Tu es si naïve, Joy. Si tu penses qu'une amie

peut vraiment comprendre ta douleur, alors tu n'as jamais connu la solitude. Je suis ta seule véritable amie, celle qui t'a ouvert les yeux sur la réalité. Si tu me perds, tu perds tout.

La colère et la peur se mêlèrent en elle, mais Joy refusa de céder.

— Daniela veut juste comprendre, dit Joy, comme pour se convaincre elle-même. Elle veut être là pour moi, c'est tout.

La Dame se mit à rire.

— Comprendre quoi ? Que tu n'es plus la même personne ? Que tu ne peux pas tout lui dire ? Si elle était vraiment ton amie, elle *aurait* compris. Au lieu de ça, elle continue à t'inonder de questions. Et toi, tu te laisses faire. Pourquoi, Joy ?

Joy serra les poings, luttant contre le doute qui montait en elle. Elle ne savait pas pourquoi Daniela ne pouvait pas lâcher prise, mais elle refusait d'abandonner leur amitié.

— Parce qu'elle compte pour moi… Même si elle ne comprend pas tout, elle reste mon amie.

La Dame se redressa, un sourire moqueur aux lèvres.

— Une amie n'a pas besoin de tout savoir. Si Daniela ne le comprend pas, alors peut-être qu'elle n'est pas l'amie que tu crois.

Joy secoua la tête, déterminée à ne pas se laisser manipuler. Oui, Daniela était intrusive parfois, mais c'était aussi parce qu'elle tenait à elle.

— Je ne vous laisserai pas me faire douter de ça, rétorqua Joy, sa voix plus assurée cette fois. Daniela est mon amie, même si elle ne comprend pas tout. Je choisirai toujours de rester à ses côtés.

La jeune femme se surprit elle-même de son audace, sa voix plus ferme qu'elle ne l'aurait cru. La Dame se rapprocha encore, son visage si proche que Joy pouvait voir la fureur dans ses yeux. Son sourire avait disparu.

— Très bien, soupira-t-elle. Mais quand elle te décevra, quand elle ne comprendra toujours pas qui tu es vraiment, tu te souviendras de mes paroles.

Joy resta silencieuse, les mots de la Dame résonnant dans son esprit. Elle avait toujours su que Daniela et elle évoluaient différemment, mais elle refusait de croire que cela les séparerait.

Alors elle se leva, se retourna et s'éloigna, le cœur battant. Elle avait peur, mais elle se sentait plus forte à présent. Elle avait affronté ses démons et, pour la première fois, elle avait choisi de ne pas se laisser dévorer par eux. En sortant du parc, elle prit une grande bouffée d'air frais, chassant les doutes qui l'assaillaient.

Au fond d'elle-même, elle savait qu'elle devait être prête à défendre son amitié avec Daniela. Quoi qu'il arrive, elle ne laisserait pas la Dame gagner. Sa vie était précieuse, et l'amitié qu'elle partageait avec Daniela était sa plus grande force.

14

Joy courait, le cœur battant à tout rompre. Le message de Daniela l'avait laissée sans voix. Elle se devait d'aider son amie, tout comme elle l'aurait fait pour elle. Mais une part d'elle, cette petite voix qui n'arrêtait pas de lui parler depuis des semaines, se demandait pourquoi Daniela insistait toujours autant pour qu'elle soit là. Elle ne comprenait plus ses réactions.

En arrivant chez Daniela, Joy frappa à la porte. Une angoisse grandissante la gagna. L'absence de réponse la poussa à entrer, la porte déjà entrouverte. Elle entra dans la chambre, accueillie par un silence pesant, presque lourd. Joy s'approcha du lit, le cœur serré. Daniela était là, assise, les yeux gonflés, des larmes coulant sur ses joues. La scène était déchirante. Daniela, d'habitude si pleine de vie et de joie, semblait désormais n'être que douleur et tristesse.

— Dani ? murmura Joy, incertaine, la voix emplie de compassion mais teintée d'incompréhension.

Elle se précipita vers elle et l'enveloppa de ses bras. Daniela se blottit contre elle, son corps tremblant de chagrin. Joy la serrait, mais quelque chose en elle restait distant, comme si elle ne savait plus comment consoler son amie.

— Joy, je sais pas quoi faire... Marcus m'a quittée, sanglota Daniela. Il m'a dit que je l'avais trompée. J'ai jamais fait ça, je te le jure !

Joy recula légèrement, le cœur lourd.

— Quoi ? Non, tu ne pourrais jamais faire ça, répondit-elle, tout en essayant de cacher son propre malaise face à cette histoire.

— Il dit qu'il a des preuves, des messages, des photos...

Daniela s'effondra à nouveau dans les bras de Joy, ses larmes continuant de couler. L'esprit de Joy se troubla, alors elle fit ce qu'elle pensait être le mieux : elle serra Daniela dans ses bras du plus fort possible.

— Écoute, je te crois, Dani, répondit Joy d'une voix qu'elle voulait rassurante. Si Marcus pense ça, c'est qu'il se trompe. Tu n'es pas ce genre de personne.

Daniela hocha la tête, mais ses larmes ne cessèrent de couler.

— Je comprends pas comment il peut penser ça. J'ai toujours été honnête avec lui.

— C'est que tu vaux mieux que lui, répondit sèchement Joy, tentant de cacher sa colère à l'encontre de Marcus pour continuer de consoler son amie.

Joy s'installa à côté de Daniela sur le lit et lui tint la main.

— Qu'est-ce que tu veux que je fasse ? Je suis là, dis-moi, tenta Joy, sa voix douce mais teintée d'une fatigue qu'elle n'arrivait plus à dissimuler.

— Je sais pas. Je suis juste perdue, répondit Daniela, la voix saccadée de sanglots. Je pensais que tout allait bien entre nous. Je pensais pouvoir lui faire confiance.

— Parfois, les gens agissent de manière irrationnelle, dit Joy, cherchant désespérément à réconforter Daniela. Mais peut-être que c'est lui qui a fait quelque chose de mal.

Daniela hocha la tête sans vraiment l'écouter, ses larmes coulant toujours. Joy la regarda pleurer, ne sachant plus quoi dire. Elle se sentait déconnectée, comme si elle était devenue une spectatrice de la souffrance de son amie, incapable de la rejoindre véritablement.

Daniela essaya de sécher ses larmes, mais une nouvelle vague de chagrin la submergea. Joy savait que son amie avait besoin de temps pour gérer ses émotions. Elle s'assit là, sa main toujours entrelacée avec celle de Daniela, et la laissa pleurer sans interruption.

— Raconte-moi tout, si tu peux. Qu'est-ce qui s'est-il passé avant qu'il te dise ça ? proposa Joy doucement.

— Tout était normal... On a passé du temps ensemble, et puis il a commencé à devenir distant. Je pensais qu'il avait juste besoin d'espace, mais...

Daniela s'arrêta, ses larmes recommençant à couler.

— Puis il est revenu vers moi avec ces accusations. C'était comme si tout s'effondrait autour de moi. Je me sens trahie, même si j'ai rien fait ! J'ai tellement peur de ce qu'il va faire maintenant, confia Daniela, le visage caché dans ses mains.

— Peut-être que tu as besoin de prendre de la distance. Laisse-lui le temps de se calmer. Tu mérites d'être traitée avec respect, et si Marcus ne peut pas le voir, alors il n'est peut-être pas fait pour toi.

Daniela releva lentement la tête, les larmes coulant toujours sur ses joues.

— Tu penses vraiment que je mérite mieux ? demanda-t-elle, l'incertitude dans le regard.

— Bien sûr, Dani. T'es une personne incroyable, répondit Joy, même si au fond, elle commençait à douter de tout.

Est-ce qu'elle comprenait encore Daniela ? Ou se

contentait-elle de dire ce qu'il fallait pour apaiser la situation ?

Les mots de Joy semblaient résonner en Daniela, mais elle avait encore du mal à trouver de l'espoir au milieu de son chagrin. Voyant cela, Joy essaya d'apporter un peu de lumière dans l'obscurité.

— Tu veux regarder un film pour te changer les idées ? proposa-t-elle soudain, cherchant une échappatoire à cette discussion.

— Peut-être..., murmura Daniela, esquissant un léger sourire malgré ses larmes.

Joy se leva et chercha un film dans la collection de son amie, choisissant une comédie romantique qu'elles avaient déjà vue mille fois. Elles s'installèrent sous une couverture, et Joy glissa un bras autour des épaules de Daniela. C'était un moment familier, mais il manquait cette connexion qu'elles avaient autrefois.

— Quoi qu'il arrive, n'oublie pas que je suis là, chuchota Joy.

Mais en disant ces mots, elle se demanda si elle le pensait vraiment. Était-elle toujours capable d'être là, pleinement, pour Daniela, alors qu'elle-même se sentait si perdue ?

Daniela hocha la tête, une lueur de gratitude illuminant ses yeux fatigués.

Le film commença, et peu à peu, les rires remplacèrent les larmes, du moins pendant un moment. Elle savait que la route qui l'attendait serait difficile, mais elles la parcourraient ensemble, main dans la main.

Après avoir passé plusieurs heures à réconforter son amie, Joy se leva, le cœur lourd, l'esprit troublé.

15

Joy savait que la situation avec Marcus était profondément injuste, et l'inquiétude pour sa meilleure amie se mêlait à une colère sourde qui grandissait en elle. Comment Marcus pouvait-il causer tant de douleur à Daniela, la personne qui s'inquiétait le plus pour elle ?

— Je vais me promener, annonça-t-elle brusquement d'un ton déterminé.

Toujours perdue dans ses propres pensées, Daniela hocha vaguement la tête, incapable de percevoir l'agitation de Joy. Mais cette dernière sentait qu'elle devait sortir, qu'elle avait besoin d'air, d'espace pour laisser éclater cette colère avant qu'elle ne l'étouffe. En l'espace de quelques heures, quelques jours, elle était passée d'une incompréhension envers sa meilleure amie à une totale compassion. Elle-même ne comprenait ses changements d'humeur mais, à chaque fois, elle les ressentait au plus profond de son cœur.

Ses pas, rapides et nerveux, la conduisirent vers le

parc. À chaque foulée, elle sentait sa frustration monter. En arrivant, ses yeux cherchèrent instinctivement la silhouette familière de la Dame. Joy la repéra, assise calmement sur son banc habituel, le regard tourné vers l'horizon.

— Pourquoi êtes-vous toujours là ? lança Joy avec une pointe d'agacement dans la voix en s'approchant. Vous saviez ce qui allait se passer, pas vrai ?

La Dame tourna lentement la tête, et ses yeux profonds plongèrent dans ceux de Joy.

— J'en sais beaucoup, répondit-elle calmement, mais je ne peux pas forcer les gens à voir la vérité. Ils doivent la découvrir par eux-mêmes.

Cette réponse ne fit qu'attiser la colère de Joy.

— Vous aviez raison depuis le début à propos de Marcus ! s'exclama-t-elle, les poings serrés. Il ne mérite pas Daniela.

La Dame la regarda avec patience, comme si elle avait déjà vu tant d'autres traverser cette même tempête de colère.

— Et que comptes-tu faire, Joy ? demanda-t-elle doucement, sa voix pleine de sagesse, sans jugement.

— Je sais pas ! cria-t-elle, la frustration l'envahissant complètement. Elle mérite mieux que ça, mieux que lui !

La Dame la regarda avec compassion.

Joy se laissa tomber sur le banc, le souffle court, les yeux brûlants de colère. Elle ne comprenait pas comment Marcus pouvait agir de manière aussi cruelle.

— Parfois, la seule chose que nous pouvons faire, c'est être présent. Ça fait partie de la vie. Mais si tu la laisses te dominer, elle te consumera et te détournera de ce qui est vraiment important.

Ses mots résonnèrent dans l'esprit de Joy. Elle avait raison. Elle ne devait pas laisser sa colère la guider. Elle prit alors une grande inspiration, se souvenant de ses promesses à Daniela.

— Vous avez raison, murmura-t-elle finalement, sa voix s'adoucissant. Je ne peux pas l'aider si je suis pleine de colère. Je dois lui montrer qu'elle mérite mieux, mais je ne dois pas lui montrer ma colère. Elle a besoin de moi… elle a besoin que je sois là, vraiment là. Si elle m'a demandé de la soutenir, c'est parce qu'elle sait que peu importe ce qui se passe entre nous, nous serons là l'une pour l'autre.

La Dame hocha la tête avec un léger sourire, comme si elle avait attendu que Joy parvienne à cette conclusion. C'était une simple vérité, mais qui demandait du temps pour être pleinement comprise.

La Dame hocha la tête, un léger sourire apparut sur ses lèvres.

— C'est un bon début.

Joy se leva lentement, l'esprit plus clair. Étrangement, cette simple discussion sembla lui avoir enlevé toute sa colère, désormais focalisée sur le soutien à devoir apporter à sa meilleure amie. Aussi, elle réalisa à quel point elle avait été cruelle avec la femme à ses côtés, elle qui n'était en réalité que de bons conseils qu'elle avait simplement mal interprétés. Au final, rien de ce qui se passait n'était de sa faute.

— Merci, dit Joy, en tournant un regard plus doux vers la Dame. Je m'excuse pour la dernière fois… Je ne vous ai pas écoutée comme il fallait. J'étais trop en colère.

La Dame lui sourit, un sourire doux et plein de compréhension.

— Ce n'est rien, Joy. La colère fait partie de la vie, tout comme le pardon. Je l'ai déjà oublié.

Soulagée, Joy lui fit un léger signe de tête avant de quitter le parc. Son cœur était désormais bien plus léger.

En quittant le parc, elle se sentait prête à affronter ce qui l'attendait. Il ne s'agissait plus de Marcus et de ce qu'il avait fait.

Il s'agissait de Daniela et de l'amie qu'elle devait être.

16

Les jours passèrent à une vitesse folle. Malgré l'absence de Marcus, Daniela commençait à retrouver sa bonne humeur contagieuse. Enfin cela, c'était ce que pensait Joy. En réalité, une inquiétude grandissait en elle et celle-ci la concernait. *Joy*. Elle repensait aux jours passés, aux changements d'humeur de son amie. Et, au fond, une question persistait : qui était vraiment la Dame du parc ?

Joy l'avait rarement évoquée, et c'était source de dispute entre elles. Voilà pourquoi Daniela ne pouvait s'empêcher de ressentir une certaine curiosité, voire une crainte. Elle avait le pressentiment qu'il s'agissait de bien plus qu'une simple rencontre fortuite.

Un après-midi, alors que Joy était partie faire quelques courses, Daniela décida d'aller au parc, espérant finalement rencontrer celle qui l'intriguait tant, et comprendre le lien qui existait entre elle et son amie.

S'approchant du banc, elle scruta l'horizon, le cœur battant la chamade. Mais lorsqu'elle arriva, elle fut déçue de ne voir personne. Le parc était vide, le vent jouait avec les feuilles des arbres et une légère brume flottait sur l'herbe fraîche. C'était tout ce qu'il s'y passait.

Alors elle s'assit non loin de ce fameux banc et contempla le paysage paisible qui l'entourait, dans l'espoir que quelqu'un arrive. Daniela voulait simplement comprendre ce que cette femme avait de plus qu'elle, et pourquoi Joy refusait à chaque fois de s'étaler sur son sujet. Elle voulait simplement la comprendre.

Perdue dans ses pensées, elle aperçut finalement la silhouette de Joy se dressant au loin, marchant vers le parc, le visage serein, mais le regard trahissant une certaine inquiétude. Daniela se leva pour la saluer, mais ce qu'elle vit la fit s'arrêter net. Joy s'approcha du banc et s'assit. Elle resta un instant silencieuse, comme si elle écoutait attentivement quelque chose ou quelqu'un, avant de commencer à parler.

Au début, Daniela ne comprit pas ce qui se passait. Joy parlait doucement, comme si elle s'adressait à quelqu'un, mais il n'y avait personne à côté d'elle. Intriguée, Daniela se cacha derrière un arbre, ne sachant pas si elle devait intervenir ou simplement écouter.

— J'ai réfléchi à ce que tu as dit, dit Joy d'une voix douce, presque apaisante. Je suis prête à le faire.

Les mots de Joy frappèrent Daniela comme un coup de tonnerre. Qui était cette Dame, et quel était son véritable lien avec Joy ? Pourquoi sa meilleure amie lui parlait-elle comme si elle se tenait juste à ses côtés ? La scène était troublante, presque surréaliste. Daniela se sentit coincée entre curiosité et peur. Elle savait qu'elle ne devait pas être là, que ce n'était pas le moment d'interrompre Joy alors qu'elle semblait vivre un moment important, mais l'inquiétude grandissait en elle. Elle ne voulait pas que Joy se perde dans cette conversation, pas alors qu'elle était déjà si fragile.

— Je vais le faire, continua Joy, les larmes aux yeux. Marcus ne la mérite pas, de toute façon.

Daniela retint son souffle, incapable de détourner le regard. La réalité de la situation la frappa lorsqu'elle réalisa que Joy se confiait sur sa vie à cette Dame qui semblait tant l'influencer. Elle se sentait à la fois en colère contre cette femme qui prenait de la place dans la vie de Joy, et en même temps intriguée par ce qu'elle pouvait apporter à son amie. Que savait-elle de leur amitié, de leur douleur ?

Le cœur de Daniela battait si fort qu'elle craignait que son amie ne l'entende. Elle ne savait plus si elle devait s'avancer ou tout simplement fuir. Mais avant qu'elle ne puisse prendre la moindre décision, Joy se leva soudainement.

Elle essuya une dernière larme, prenant une profonde inspiration. Son visage s'était transformé. Elle semblait plus déterminée. Joy s'arrêta alors de parler et, sans prévenir, tourna la tête dans la direction de Daniela. Leurs yeux se croisèrent, figés l'une dans le regard de l'autre. Daniela sentit son souffle se couper.

Elle l'avait vue.

Les deux jeunes femmes restèrent ainsi pendant plusieurs secondes qui semblaient être une éternité. Mais rapidement, le visage de Joy se durcit, jusqu'à laisser apparaître sa mâchoire se contracter, témoin de son agacement. Puis, à la grande surprise de Daniela qui n'avait toujours pas bougé, Joy s'en alla rapidement dans la direction opposée.

Dans la tête de Daniela, toutes ses pensées s'entrechoquaient les unes contre les autres. Que venait-elle de voir, au juste ? Y avait-il quelqu'un à côté de son amie mais qu'elle n'avait pu voir, certainement cachée par un arbre ? Et pourquoi Joy n'était-elle pas venue la voir ? Pourquoi avait-elle l'air si différente ?

17

Malgré les messages et appels incessants de ses amis, Joy n'avait donné de signe de vie depuis deux jours. Au début, Daniela avait pensé qu'elle lui en voulait, comme souvent ces derniers temps. Mais Joy n'était pas du genre à s'absenter si longtemps, du moins sans prévenir. Ni son père, ni personne d'autre ne l'avait vue. Évidemment, Daniela craignit le pire. Peut-être que l'incident du parc avait quelque chose à voir avec cela, ou peut-être pas. Daniela décida d'aller au parc une nouvelle fois, espérant y trouver une trace de son amie ou même de la mystérieuse Dame du parc. Mais une fois sur place, le lieu était toujours aussi vide, silencieux. Pas une silhouette familière en vue, ni sur le banc, ni ailleurs. L'angoisse de Daniela grandissait.

Daniela réfléchit alors au seul endroit où Joy aimait se réfugier quand elle n'allait pas bien : leur rocher. Peut-être qu'elle était là-bas.

Le cœur battant, elle se précipita vers le sentier qui

menait au rocher, gravit le chemin escarpé à toute vitesse, ignorant les branches qui fouettaient ses jambes. Elle avait peur. Plus elle s'approchait du sommet, plus elle craignait ce qu'elle allait découvrir.

En arrivant près du rocher, elle aperçut enfin Joy, figée, suspendue au bord du vide, les pieds à quelques centimètres du précipice.

— Joy ! s'écria Daniela, le souffle coupé.

Mais Joy ne réagit pas immédiatement. Elle semblait perdue dans ses pensées, son regard fixé sur l'horizon. Daniela s'approcha doucement, son cœur battant à tout rompre.

— Joy, qu'est-ce que tu fais ? murmura-t-elle, la voix tremblante. Est-ce que c'est… est-ce que c'est la Dame du parc qui t'a demandé de venir ici ?

Joy tourna enfin la tête, ses yeux rouges et cernés trahissant des nuits sans sommeil. Un sourire amer se dessina sur ses lèvres.

— Bien sûr que c'est elle, répondit-elle d'une voix ferme. Qui d'autre ?

Le cœur de Daniela se serra. La situation était bien plus grave qu'elle ne l'avait imaginée.

— Joy, écoute… Il n'y avait personne au parc l'autre jour, murmura-t-elle doucement, choisissant ses mots avec précaution. Je t'ai vue… tu parlais à quelqu'un, mais il n'y avait personne à côté de toi. La

Dame… elle n'existe pas.

Le visage de Joy changea instantanément. Ses yeux s'écarquillèrent de colère, ses lèvres se crispèrent.

— Pardon ? s'offusqua Joy, d'une voix remplie d'indignation. Qu'est-ce que tu racontes ? Bien sûr qu'elle existe !

Daniela recula d'un pas sous la violence des mots de Joy, mais elle ne pouvait pas la laisser ainsi, pas dans cet état.

— Joy, je t'en prie, écoute-moi… murmura-t-elle, tentant de rester calme malgré la panique qui l'envahissait. Je sais que tu souffres, mais… cette femme… elle n'est pas réelle. Elle n'est pas là. Je t'ai vue ce jour-là. Tu étais seule.

Les larmes commencèrent à couler sur les joues de Joy, mais son regard restait dur, presque glacé. Elle serra les poings, tremblant de rage.

— Tu comprends vraiment rien, Dani. Elle est partie quand elle t'a vue !

— Avant même que tu… qu'elle ne me voie, tu parlais seule.

Joy secoua la tête.

— T'es jalouse, c'est ça ? Parce qu'elle me comprend, elle ?

Une vague de désespoir envahit Daniela qui pensa, à cet instant, que c'était peine perdue. Mais elle ne pouvait abandonner celle qui avait été là pour elle à peine quelques jours auparavant.

— Je ne suis pas jalouse... Je pense qu'elle te manipule. Si elle te comprenait, elle ne t'aurait pas envoyée ici.

À nouveau, Joy secoua violemment la tête, refusant d'entendre.

— Elle veut ce qu'il y a de mieux pour moi.

Sous le coup de la colère, la jeune femme recula encore plus près du bord, et le cœur de Daniela s'arrêta un instant. Une seconde d'hésitation dans ses yeux, la réalité de la situation commença à la rattraper.

— Je suis fatiguée, Daniela, murmura-t-elle finalement, la voix brisée. Tellement fatiguée de tout ça.

Daniela s'approcha un peu plus, sa voix devenant un chuchotement doux, presque suppliant.

— Je sais que tu es fatiguée, Joy. Je le sais. Mais je suis là pour toi. Toujours. Je suis là, d'accord ? Regarde-moi.

Les yeux de Joy vacillèrent, cherchant un point de repère. Un silence pesant s'installa entre elles, le vent soufflant légèrement.

— Regarde-moi, Joy.

Joy détourna enfin les yeux du vide et les posa sur Daniela. Ses épaules s'affaissèrent, et dans un soupir, elle avança d'un pas vers son amie. Ses jambes tremblaient, et elle finit par tomber à genoux, en sanglots.

Daniela s'élança vers elle, l'entourant de ses bras, la serrant fort. Les larmes de Joy trempèrent son épaule, mais ce n'était rien. Elle tenait enfin son amie, et c'était tout ce qui comptait.

— Je suis là, Joy. Je suis là, et je ne te laisserai pas tomber.

Ce fut la dernière fois que Daniela prit sa meilleure amie dans ses bras.

18

Le cœur de Joy battait à tout rompre, si fort qu'elle était persuadée que n'importe qui pouvait l'entendre. Enfermée dans l'une des quatre cabines des toilettes de l'université, elle s'était recroquevillée sur le carrelage glacé, incapable de retenir les larmes qui coulaient sans fin sur ses joues.

L'alarme stridente, qui avait cessé depuis quelques minutes, résonnait encore dans son esprit. C'était la première fois qu'elle y était confrontée : une alerte pour une attaque. Elle avait toujours pensé que de telles situations ne pouvaient arriver qu'aux autres, seulement dans les séries qu'elles regardaient encore et encore. Pourtant, elle se trouvait là, piégée dans son propre corps, incapable de bouger. Sa respiration saccadée, presque douloureuse. Le moindre bruit, le moindre craquement, la faisait sursauter. Chaque seconde était une éternité.

Tout avait commencé quelques minutes plus tôt.

Alors qu'elle assistait à son cours d'économie

politique, une sonnerie brutale avait interrompu le professeur. Celui-ci, la voix tremblante, avait demandé à tout le monde de se mettre à l'abri.

Une personne armée se trouvait sur le campus. Un étudiant dont personne ne connaissait encore l'identité avait été blessé.

Joy était tétanisée, prise de panique par cette annonce. Autour d'elle, les cris se mélangeaient à l'agitation tandis qu'elle, elle resta immobile. Jusqu'à ce qu'elle réagisse sans réfléchir.

— Joy ! avait crié Daniela, paniquée, en cherchant son amie dans la foule. Tu vas où ? Reste avec moi !

Mais les jambes de Joy s'étaient mises à courir, bien que son esprit voulait suivre son amie. Dans un moment de désespoir, elle s'était précipitée vers les toilettes, s'y était enfermée et se tenait maintenant là, seule, essoufflée, écoutant les bruits de l'université au-delà des murs.

Enfin ça, c'était ce qu'elle pensait.

Les sirènes de police hurlaient, et les voix de ceux qui essayaient de se frayer un chemin à travers la panique se mêlaient à ses pensées. Son téléphone vibra, la sortant de sa torpeur.

Elle essaya de calmer sa respiration avant de répondre.

— Joy ! hurla Daniela à l'autre bout du fil, sa voix tremblante trahissant son inquiétude. Tu es où ? Est-ce que tu vas bien ?

Joy essaya de parler, mais les mots restèrent coincés dans sa gorge. Elle enroula un bras autour de ses genoux, cherchant du réconfort dans ce geste.

— Je... Je suis dans les toilettes… Je... Je ne peux pas sortir.

— Ne bouge pas, ok ? Reste à l'abri. Ils commencent à évacuer l'amphithéâtre par la sortie de secours. Tout le monde est en train de sortir, mais … je ne peux pas partir sans toi.

La voix de Daniela était ferme, mais Joy pouvait entendre toute son inquiétude.

— Il faut que tu partes, murmura Joy, la panique la saisissant à nouveau.

— Il ne va rien nous arriver, je te le promets. Reste juste où tu es et essaye de respirer. Je vais venir te chercher, d'accord ? dit Daniela en se dégageant des dizaines d'étudiants qui se ruaient vers la porte de sortie. Mais, l'idée que Daniela soit en danger à cause d'elle brisa le cœur de Joy.

— Ne fais pas ça, Daniela. Ça ne sert à rien.

— J'arrive. Je te le promets. Reste en ligne !

Joy ferma les yeux et se concentra sur la voix rassurante de son amie. Elle pouvait presque imaginer

Daniela à ses côtés, lui prenant la main, apaisant sa peur. Mais la réalité du moment s'imposait. Elle était terrorisée.

— Je... Je peux pas. J'ai trop peur.

Ses mots étaient à peine audibles, mais Daniela les entendit.

— Pense à toutes les fois où on a traversé des choses ensemble. On va s'en sortir, ok ? Tu es ma meilleure amie, et je t'aime. Je suis là.

Joy sentit une vague de chaleur l'envahir, tandis que la voix de Daniela résonnait dans son cœur. Elle avait besoin de cette force, de cette amitié qui l'avait toujours soutenue. Elle inspira profondément, essuyant ses larmes d'un geste de la main.

— Je suis désolée, je suis tellement désolée…

— Ne dis pas ça. Tu n'as rien à te reprocher. Reste calme. Je vais essayer de te rejoindre. Attends-moi juste.

Joy hocha la tête, même si Daniela ne la voyait pas. Elle comprenait que sa meilleure amie faisait de son mieux, mais l'incertitude pesait lourdement sur ses épaules. Elle avait besoin de retrouver ses forces. Les minutes s'étiraient comme des heures, et la peur la rongeait de l'intérieur.

Elle ne parvenait pas à se défaire de l'image de cet élève blessé, peut-être décédé à l'heure actuelle.

Joy, recroquevillée dans la petite cabine des toilettes, serrait ses genoux, tremblante, le souffle coupé par la terreur. Ses larmes avaient séché, mais la panique était toujours là, alimentée par le silence oppressant qui l'entourait. L'étudiante essayait de se concentrer sur la voix de Daniela à l'autre bout du fil, mais ses pensées étaient confuses. C'était comme si elle était là, sans être là. Comme si tout ceci n'était qu'un mauvais rêve.

— Dani, tu m'entends ? Je suis... Je suis… Je suis là..., murmura-t-elle d'une voix étranglée, ses lèvres à peine capables de former les mots.

Le téléphone tremblait toujours dans sa main. Elle essaya de se calmer, de respirer, mais un étrange frisson lui parcourut l'entièreté de son corps. Quelque chose n'allait pas, elle avait la sensation d'être étouffée, comme si une présence dans la pièce l'oppressait. Elle releva lentement la tête. Et là, juste devant elle, assise par terre, se trouvait la Dame du parc. Elle ne parlait pas. Son visage arborait un sourire énigmatique.

Ses yeux semblaient transpercer directement l'âme de Joy, comme si elle voyait au-delà de ses peurs, de sa panique, et touchait quelque chose d'encore plus sombre en elle. Joy aurait dû crier. Elle aurait dû paniquer encore plus. Mais elle resta figée, hypnotisée par la présence silencieuse de cette femme qui semblait sortir de nulle part.

— Joy, parle-moi... Je t'en supplie ! criait presque Daniela à l'autre bout du téléphone, mais Joy ne l'entendait plus.

Tout son être était concentré sur la Dame du Parc. La femme ne disait rien. Elle se contentait de sourire, comme si elle savait quelque chose que Joy ignorait encore. Le silence était devenu assourdissant, et dans ce vide, une seule pensée traversa l'esprit de Joy. Une pensée qui émergea lentement, comme un secret longtemps enfoui.

Elle avala sa salive avec difficulté, les yeux fixés sur la Dame du Parc, puis respira profondément, comme si ces mots allaient lui coûter toutes les forces qui lui restaient.

— Je crois que... c'est moi, murmura-t-elle d'une voix brisée par l'émotion.

La Dame du Parc sourit plus largement, comme si ces mots étaient la réponse qu'elle attendait depuis tout ce temps.

Joy sentit un poids immense l'écraser. C'était comme si quelque chose en elle avait cédé, comme si toutes ses pensées, ses actes, ses choix, venaient de se briser. Elle commençait à comprendre. En fait, dans cette petite pièce, tout sembla prendre sens pour Joy.

Le téléphone glissa de sa main et tomba sur le sol

des toilettes, émettant un bruit sourd. La voix de Daniela résonnait toujours dans le téléphone, mais Joy n'entendait rien. Ses mains tremblaient violemment, et quand elle les baissa, elle les vit… tâchées de sang. Un rouge sombre et collant maculait ses paumes.

Elle laissa échapper un sanglot, ses épaules tremblant sous le poids de la culpabilité qui l'envahissait.

Si la Dame du Parc n'avait pas existé, Joy n'aurait pas fait boire son père jusqu'à ce qu'il perde tout contrôle.

Si la Dame du Parc n'avait pas existé, Joy n'aurait pas dévissé les boulons de la voiture de Léo.

Si la Dame du Parc n'avait pas existé, Joy n'aurait pas envoyé ces messages à Marcus.

Et si la Dame du parc n'existait pas, Joy n'aurait pas tué Marcus.

Fin

La Dame du parc n'a pas de visage, ni de nom. Mais elle existe.

Des milliers de personnes l'ont déjà rencontrée.

Elle s'assoit en silence à vos côtés, chuchotant des vérités cruelles ou des mensonges atroces, et vous isole doucement, jusqu'à ce qu'il ne reste qu'elle.

Vous pensez être seul.e. **Mais vous ne l'êtes pas.**

Chaque année, des millions de gens se battent contre elle. Et chaque année, certains n'y survivent pas. Mais d'autres trouvent la force de résister, de parler, de demander de l'aide.

Joy n'était pas sa première victime, et elle ne sera pas sa dernière. Peut-être que la prochaine personne à croiser la Dame du parc sera un parfait inconnu. Peut-être un proche. Ou peut-être... vous.

Si elle vient s'asseoir sur votre banc, ne l'écoutez pas. Ne restez pas seul.e avec elle. Parlez à quelqu'un, un ami, ou même un étranger.

Parce que la Dame du parc ne supporte pas la lumière.

Remerciements

Je souhaite tout d'abord remercier ma famille, qui a toujours cru en moi.

Un immense merci à Michèle, Florence et Justine pour leur regard critique et leurs précieux conseils.

Ce récit, je l'ai écrit avec l'espoir de sensibiliser, de briser certains silences, et, peut-être, d'offrir un peu d'espoir à ceux qui se reconnaîtront dans ces pages.

Votre lecture est pour moi un immense privilège, et j'espère que ce voyage vous a touché autant qu'il m'a transformé en l'écrivant.

Merci.

Elsa